Harald Wieczorek

Windstärke 13

Impressum

Harald Wieczorek

Windstärke 13

ISBN 978-3-96521-511-5 (Buch)
ISBN 978-3-96521-509-2 (E-Book)
ISBN 978-3-96521-512-2 (Hörbuch)

Gestaltung des Titelbildes: Ernst Franta

Satz: MEDIENAGENTUR - Franta, www.medienagentur-franta.de

Druck: CUSTOM PRINTING, Wał Miedzeszyński 217, 04-987 Warszawa, Polen, www.cp-buchdruck.de

Imprint des Geschichtlichen Büchertisches
Ralf G. Jordan
Bischof-Wedekin-Str. 14
31162 Bad Salzdetfurth
Tel.: 05064-9609641
E-Mail: ralfjordan@geschichtlicher-buechertisch.de
Internet: www.geschichtlicher-buechertisch.de

EDITION digital

In Liebe für M.F. „Körnchen“
und unsere Kinder
Konstantin, Alexandra, Naima und Max

INHALT

DREI DINGE – GEDANKEN

Über drei Dinge habe ich mir, bevor ich dieses Buch begann, Gedanken gemacht.

Erstens, dieses Buch soll kein Lehrbuch über die Seefahrt werden. Es geht grundsätzlich um das Erlebte eines Seemanns mit Herz und Seele, nicht um das Erlernte.

Zweitens, jedes Schiff, mit seiner im Schnitt viermonatigen Fahrzeit, den Kameraden an Bord, den Menschen an Land, könnte ein Buch füllen. Es würde sich irgendwann abschleifen. Also habe ich aus jeder Episode, die mir ausnahmslos etwas bedeutet hat, ein Konzentrat gemacht.

Drittens, alles, was irgendwie mit Sex zu tun hat, ist nicht sexistisch gemeint. Ich war mir nicht ganz sicher, aber ich denke, um glaubhaft zu sein, muss man schreiben, wie es war. Allen Leserinnen möchte ich versichern, dass ich mich sehr zurückgehalten habe.

Vorwort

Windstärke 13 – viele, die sich auskennen, werden verwundert den Kopf schütteln. „Es wird doch nur bis Windstärke 12 gemessen." Richtig! Bis Stärke 12 wurde gemessen, alles darüber hinaus kommentierten wir intern als Windstärke 13.

Der Seemann hat noch eine andere Messlatte in Bezug auf die Windstärke:

„Was ist denn heute angesagt?" „Wir kriegen einen auf den Arsch!" Damit ist von Windstärke 9 bis 12 die Rede. Heißt es aber: „Wir kriegen gewaltig einen auf den Arsch!", dann haben wir Windstärke 13.

Natürlich sind Windstärken relativ, das heißt, ob man sie in der Nordsee oder auf dem Atlantik erlebt oder ob man sich auf einem Kümo (Küstenmotorschiff), einem Fischkutter oder auf einem großen Frachtschiff befindet. Während der Frachter bei 6 leicht durchgeschüttelt wird, spielen Kümo und Kutter bereits U-Boot.

Ich wurde oft gefragt: „Warum schreibst du ein Buch über die Seefahrt?" Nun, weil ich sie erlebt habe! Und weil sie das letzte große Abenteuer, der letzte Abenteuer-Beruf war. War? Das Abenteuer Seefahrt, wie es in meinem Buch beschrieben wird, gibt es nicht mehr. Der Beruf ist tot. Gemeuchelt von der Wirtschaftspolitik.

Welcher Junge träumt nicht von der großen weiten Welt. Dafür sorgen schon die alten Piratenfilme, die Bounty, Kolumbus, Sir Francis Drake, der Seewolf, Graf Luckner, Störtebeker und viele andere. Die Shantys, die Seemannslieder, die mit Romantik und Abenteuer locken.

Dabei war die Seefahrt in den Anfängen, sagen wir mal ab Kolumbus (die Seefahrt an sich ist viel älter), alles andere als romantisch. Die ersten Seeleute waren keine Abenteurer oder gar Romantiker. Sie waren nicht einmal Freiwillige. Die Seefahrer, bleiben wir bei Kolumbus, waren Verbrecher, zum Tode verurteilte Mörder, denen man die Wahl ließ, aufs Schiff oder an den Galgen. So groß war die Angst vor dem Ungewissen. Dazu kommt der damalige Aberglaube, den der Seemann zum Teil bis in die Neuzeit behielt, Dämonen, Geister usw. Der berühmteste: der Klabautermann. Nicht zu vergessen die größte Angst, nämlich hinter dem Horizont ins Nichts zu fallen. *Ja, Leute, die Seefahrt hat bewiesen, dass die Erde keine Scheibe ist.*

Dass die anfängliche Seefahrt ein Horror war, kann nur derjenige nachempfinden, der das Glück hat, im 20. Jahrhundert zur See zu fahren.

Das ist auch der Grund, warum es damals keine oder nur wenige freiwillige Seeleute gab (Offiziere, Bootsmänner). Der Seemann wurde einfach rekrutiert. Männer wurden betrunken gemacht oder niedergeschlagen und wachten auf See wieder auf.

Ich jedenfalls war ein Freiwilliger, ein Seemann, der zu den Letzten seines Standes gehörte, die von sich behaupten können, die schönste und auch die letzte Zeit der Seefahrt erlebt zu haben.

Zum Thema Sex und Gewalt: Wer das Buch liest, könnte auf den Gedanken kommen: „Das sind ja immer noch sexistische, gewalttätige Typen“, aber ich kann versichern, dass dies nicht der Fall ist. Den Seemann auf Heimaturlaub erkennt man nur an dem gebräunten Gesicht und an seinem Gang. Sonst ist er nett und friedlich wie ein Urlauber. Alles andere sind nur Momentaufnahmen.

An das Leben mit Angst und Gefahr gewöhnt man sich früher oder später, wird aber immer wieder daran erinnert. Man stellt sein Leben voll und ganz darauf ein und lebt danach. Nach dem Motto: „Morgen kann es schon abwärts gehen!“

MIT GEWALT AUF DIE WELT – MEIN PERSÖNLICHER URKNALL

1948, am 21. Juni, wurde für die kriegsgeschädigte Bevölkerung eine positive Neuerung, das sogenannte Kopfgeld in Höhe von DM 40,00, eingeführt, heute sagen wir Kindergeld dazu.

1948, am 21. Juni, kam ich auf die Welt. So konnte ich meine Ausstattung zum Teil schon selbst finanzieren. Das war auch das einzig Positive.

Irgendwie muss ich geahnt haben, was mich da draußen erwartete, denn ich weigerte mich strikt, das Paradies zu verlassen. Ohne Erfolg. Auch ging das Ganze nicht so spektakulär ab, wie die Bibel es beschreibt. Statt dem flammenden Schwert benützte man eine gewöhnliche Zange, statt des Erzengels kam ein gewöhnlicher Arzt, der nicht die geringste Rücksicht auf die noch leichte Verformbarkeit meines Kopfes nahm.

Das Ergebnis muss furchtbar gewesen sein. Vier Tage kämpften die Mediziner mit der Re-Formierung meines Kopfes und dem Gedanken, mich wegzuschmeißen. Ausschlaggebend für mein Weiterleben war wahrscheinlich der hippokratische Eid. Ich glaube, dass mit mir auch die Verniedlichung von Kopf, nämlich Birne, geboren wurde. Jedenfalls bekam meine Mutter mich erst nach vier Tagen zu sehen.

Von mir hielt man jeden Spiegel fern. Bis dato war noch nichts von Babyselbstmorden bekannt. Dieses kleine fränkische Krankenhaus wollte sicher, dass es so bleibt.

Auf alle Fälle war ich ein großer, bleibender Schock für meine Mutter, den sie nie überwand. Als ich fünf Jahre alt war, verließ sie mich, nicht ohne meine schönere Schwester mitzunehmen.

Obwohl, wenn ich mich so im Spiegel betrachte, na ja, das rechte Auge ist ein paar Millimeter höher als das linke, oder ist das linke etwas tiefer?

Wie auch immer, ich bin der Meinung, dass ich die gewaltsame Vertreibung äußerlich ganz passabel überstanden habe. Vielleicht liegt es auch nicht am Äußerlichen.

Aber zurück zur Windel. Nach sechs Tagen verließ meine Mutter mit mir die sterile Einfachheit des Krankenhauses und brachte mich in eine rustikale Holzbaracke eines Flüchtlingslagers in Oberfranken. Da ich den harten, kalten, rostigen Rand des Blecheimers nicht leiden konnte, lernte ich schon als Kleinkind den täglichen Kampf um das einzige „Plumpsklo“ zwischen den zwei Barackenblöcken kennen.

Und obwohl ich damals noch nicht lesen konnte, ging ich mit der Zeitung ins Häuschen und kam mit Druckerschwärze am kleinen Hintern wieder raus.

Dem Ghetto entronnen, brachte ich es mit meinem geliebten Vater auf vier Umzüge. Wahrscheinlich wurde damals meine Reiselust geweckt.

In dieser Zeit hatte ich mehrere „Tanten“. Das war gar nicht übel, leider auch eine „echte“, die fest bei uns lebte. Sie war mein erster „Wegweiser“. War es Eifersucht oder einfach Boshaftigkeit? Ich weiß es nicht. Jedenfalls, als ich fünfzehn war, behauptete sie, ich hätte ihr von ihrem Ersparten, das sie im Schrank aufbewahrte, eine sehr hohe Summe gestohlen.

Diese Situation veränderte unser Zusammenleben, denn seitdem hing der Haussegen schief. So war es nur eine Frage der Zeit, bis ich ging.

Bevor ich in diesem Buch die große Reise ins Leben und in die weite Welt antrete, eine Hommage an den besten und liebsten Menschen am Anfang meines Lebens: MEINEN VATER.

Mein Vater hatte vor dem Krieg eine Essigfabrik in Oberschlesien. Nach dem Krieg musste er, wie viele andere, mit meiner Mutter fliehen. Die

Flucht endete in den Baracken eines kleinen fränkischen Dorfes, in Streitberg in der Fränkischen Schweiz.

Erst kam meine Schwester auf die Welt, dann ich.

Nach der Trennung von meiner Mutter brachte mein Vater uns mehr schlecht als recht als freier Journalist durch, scheute sich aber auch nicht, als Nachtwächter einer großen Fabrik zu arbeiten.

Ich weiß, dass er mich über alles liebte und alles versuchte, aus mir einen guten, ordentlichen Menschen zu machen. Als Kind ist man etwas „geiziger“ mit dem Begriff „Liebe“. Doch ich habe ihn auch sehr geliebt und denke heute noch oft mit diesem Gefühl an ihn.

Wie sehr ich meinen Vater liebte, wurde mir bewusst, als er mich von unserem Wohnort Forchheim nach Nürnberg zum Direktzug nach Hamburg brachte.

Wie alle dummen Jungs in diesem Alter, fünfzehn, sperrte ich mich gegen die Umarmung des Vaters. Es war mir peinlich. Als ich dann aus dem offenen Fenster meinen Vater in seinem hellen Anzug, einer Fliege und dem hellen Sommerhut, allein am Bahnsteig, mir nachwinken sah, musste ich weinen.

In diesem Moment wurde mir „schlagartig“ bewusst, wen ich da zurückließ.

Die Trauer, das Heimweh waren sehr groß, halfen mir aber gleichzeitig, die harten drei Monate Seemannsschule zu über- und zu bestehen. Denn ich wusste, auch wenn ich den großen Wunsch meines Vaters, Banker oder Beamter zu werden, nicht erfüllte, dass er danach auf mich stolz sein würde.

„Danke, Papa!“

MIT 15 ZUR SEEMANNSSCHULE

Mein Gott! Wie hab ich gestaunt, als ich kleiner Provinzler ehrfürchtig durch den Hamburger Hauptbahnhof schlich. Gut, dass es nicht Winter war. Bei meinem geöffneten Mund wäre mir sicher die Zunge erfroren. Mutig kaufte ich mir einen Becher Kaffee und stellte mich an einen Stehtisch.

Es dauerte nicht lange und schon hatte ich Gesellschaft von einem älteren, seriös wirkenden Herrn. Er gab mir gleich die Hand, hielt sie lange fest und kratzte ständig mit seinem Finger in meiner Handinnenfläche.

Bevor er sich zum Handrücken durchkratzte, konnte ich ihm meine Hand entziehen. Ich hielt das damals für eine mir unbekannte, norddeutsche, besonders freundliche Handbegrüßung. Welch ein Trugschluss! Als ich später zu einem Matrosen genauso freundlich sein wollte, hatte ich mein erstes seemännisches blaues Auge. Innenhandkratzen war damals ein internes Zeichen der Homosexuellen.

Und so begann es:

DIE SEEMANNSSCHULE – BREMERVÖRDE

Die Moses-/Decksjungenfabrik, wie sie intern genannt wurde, war die einzige Seemannsschule in Deutschland. Wer die Seefahrt zum Beruf machen wollte, drei Jahre Lehrzeit, Decksjunge, Jungmann, Leichtmatrose, Matrose, Bootsmann bis zum Kapitän, musste drei Monate durch Bremervörde. Drei Monate fachliche Grundausbildung, wie beim Militär, nur ohne Waffen.

Junge „Männer" zwischen fünfzehn und neunzehn aus allen Teilen Deutschlands, voller Hoffnung, Sehnsucht und Träume, und ich war dabei!

Die Seemannsschule war das Schiff und wir die Besatzung. Das Einchecken, ganz klar vorgegeben, von 16 bis 18 Uhr. Danach waren die Schotten dicht, das Schiff ausgelaufen. Wer später kam, konnte wieder nach Hause fahren.

Das Erste, was der junge Seemann lernen und kapieren musste, war Disziplin. Dazu waren Voraussetzung: Pünktlichkeit, Zuverlässigkeit, Lernfähigkeit, Kameradschaft und Ehrlichkeit. Einiges konnte man lernen, anderes musste man besitzen, wie z.B. Ehrlichkeit. Kameradendiebstahl kam gleich nach Mord und wurde nie verziehen. Wer geklaut hat, hatte verschissen bis in die Steinzeit und zurück.

Gelegenheit macht Diebe. Das dachten sich auch Neumann und Peters, beide Offiziere. Deshalb musste alles Geld abgegeben werden. Selbst die Post wurde geöffnet und mitgeschicktes Geld dem Einzelnen gutgeschrieben. Es gab nur 5 Mark Taschengeld in der Woche, den berühmten Heiermann. Für die Raucher war das ein Problem, alle stiegen auf Drehen um. Not macht erfinderisch. Die Jungs hatten immer eine Sicherheitsnadel dabei. Wenn man die Kippe nicht mehr mit den Fingern halten konnte, steckte man die Nadel rein. Selbst der kleine verbleibende

Rest wurde wieder ins Päckchen gekrümelt. Auf dem gesamten Schulgelände fand man nicht eine einzige Zigarettenkippe.

Jedenfalls war der Empfang in der Seemannsschule „sehr herzlich". Es wurde kein Wort gesprochen. Wer ankam, wurde stumm auf den großen Antreteplatz, vor einem 30 Meter hohen, originalen Rah-Mast mit Wanden und Ausguck, verwiesen. Ich gehörte zu den Pünktlichen und stand mit den anderen Pünktlichen mit Koffer und Tasche in der Junihitze und wartete auf den letzten „Arsch", der tatsächlich erst fünf Minuten vor „Auslaufen" ankam. Er hieß Dietrich oder so ähnlich und lief ein, wie Hans Albers grinsend, „hoppla, jetzt komm ich". Dieses Grinsen ist ihm bald vergangen, denn die „Bosse" und wir Jungs waren ziemlich angefressen.

Die „Bosse", nämlich der Bootsmann, der Dritte, der Zweite und der Erste Offizier und der Alte (Kapitän). Alles erfahrene Seeleute. Wir wurden in Wachen aufgeteilt. Backbord – mittschiffs – Steuerbordwache. Für jede Wache war ein Offizier verantwortlich. Darüber wachte, wenn auch nur selten zu sehen, der Kapitän. Aber der wahre Chef war „Old Papendieck", der Bootsmann. Schon rein äußerlich eine Respektsperson. 1,90 Meter groß, 100 Kilogramm schwer, ein Oberkörper ohne Hals. Ein Mann wie eine Walze, mit Händen wie Kohlenschaufeln. Er sprach nie viel, aber was er sagte, war Gesetz und hatte Hand und Fuß. Niemand wusste, wie alt er war. Aber es war bekannt, dass er schon als Junge mit den „Dreimastern" um Kap Hoorn gesegelt ist.

Wir alle, ausnahmslos, auch die Offiziere, hatten höllischen Respekt vor ihm, aber keine Angst. Denn er war trotz seines respektvollen Aussehens eine Seele von Mensch. Ein echter Seemann. Treu und gut. Doch wenn einer bei ihm verschissen hatte, dann endgültig.

Old Papendieck hatte ein großes Herz für die kleinen Kameraden. Einen Jungen, sechzehn, hatte er besonders gern, 1,65 Meter klein und 60 Kilogramm leicht. Beim Antreten gab es immer ein gleichbleibendes Zeremoniell.

„Fiede, wie groß bist du?“, dröhnte Old Papendieck. „Zwei Meter!“, piepste Fiede. „Wie viel wiegst du?“ „100 Kilo!“ „In Ordnung!“ Old Papendieck war zufrieden.

Drei Monate waren einerseits verdammt lang, andererseits sehr kurz. Lang, weil die Praxis sehr hart war. Körperlich, aber auch seelisch. Morgens um 6 Uhr wecken, eine Stunde Sport, danach waschen und Frühstück, dann praktischer und theoretischer Unterricht, die gesamte Palette, z.B. Nautik, Schiffskunde, Kompass, Morsen, Feuerbekämpfung, seemännische Arbeiten wie Spleißen, Knoten, Segelnähen.

Zu kurz, weil das, was von uns verlangt wurde, sehr viel war. Abends um 18:30 Uhr gab es Abendbrot, dann Freizeit „an Bord“. Man konnte lernen, Spiele machen, Tischtennis spielen oder Radio hören. Ab 22 Uhr „Ruhe im Schiff“. Landgang nur am Wochenende. Samstag durfte, wer keinen Mist gebaut hatte, von 14 Uhr bis 21Uhr „an Land“ gehen. Sonntag war um 20 Uhr Schluss.

Wir wurden sehr hart rangenommen, bis hin zur Schikane, unter der absoluten Prämisse „Disziplin“. Vielen war das zu viel. Bei einigen war ich froh, bei anderen traurig, als sie gingen. Zum Schluss waren wir nur noch wenige. Später, als Seemann, habe ich diese Linie verstanden.

Aber es gab auch Spaß. Vor allem im Shanty-Chor. Unser Erster Offizier Peters spielte Akkordeon, ein Junge Mundharmonika, wir anderen sangen.

Mein Vater hatte mir mit zwölf Jahren eine Gitarre gekauft, aber ich hatte nie Lust zu lernen. Ich kannte drei Griffe, hatte aber keine Ahnung, wie man sie einsetzt. Jedenfalls bat ich meinen Vater, sie mir zu schicken, in der Hoffnung, hier zu lernen.

Als die Gitarre ankam, fragte der Peters vor versammelter Mannschaft, wem die Gitarre, die bei der Post war, gehörte. Stolz erhob ich mich. Bevor ich mich outen konnte, war ich Bandmitglied. Den ganzen Tag ging ich mit erhobenem Kopf umher. Abends, als es losging, ging mir der „Arsch auf Grundeis". Ich hatte zwar nicht gesagt, dass ich spielen könne, aber auch nicht, dass ich es nicht könnte. Also machte ich das Beste daraus. Ich stellte mich so, dass die Mundharmonika zwischen mir und dem Akkordeon stand, mit der Griffhand hinter dem Rücken der Mundharmonika, und gab mein Bestes, wobei ich die falschen Töne durch lautes Singen zu übertönen versuchte. Nach drei Shanty-Abenden, ich glaubte inzwischen schon selbst, dass ich spielen könnte, kam der Erste Offizier zu mir, nahm mich zur Seite und sprach leise: „Sag mal, Junge, kannst du überhaupt spielen?"

Ich schrumpfte auf Bolzengröße und sagte: „Nein." Jetzt sah ich mich als „Falschspieler" im wahrsten Sinne des Wortes schon im Zug nach Hause. „Kann ich nicht!" Er lachte schallend, klopfte mir mit Tränen in den Augen auf die Schulter. „Aber das kannst du gut." Er verriet mich nicht, ich blieb sogar in der Band unter einer Bedingung: „Leiser klimpern, lauter singen!"

Nach drei Monaten wurden stolze junge „Seemänner" verabschiedet und sie verabschiedeten sich untereinander. Wir schworen uns ewige Kameradschaftstreue.

Die Seemannsschule hat uns noch etwas Wichtiges gelehrt. Freundschaft ist unweigerlich verbunden mit Trennung. Ich habe nicht einen der Jungs wiedergesehen.

Drei Dinge werden mir immer in Erinnerung bleiben:
Das sogenannte „offen scheißen". Es gab keine Klotüren.

Das Wettpullen mit den Rettungsbooten, das grundsätzlich nach jeder Bootsausbildung circa zwei Kilometer bis zum Anlegeplatz veranstaltet wurde. Die Riemen waren etwa zwei Meter lang und mussten mit beiden Armen bedient werden, galeerenmäßig. Kam der Hintermann aus dem Rhythmus, bekam man den harten Holzgriff voll ins Kreuz gedonnert. Da ich noch im Wachsen war, hat sich das Pullen auch auf meine Armlänge ausgewirkt. Nach der Seemannsschule konnte ich mich aufrecht stehend in den Kniekehlen kratzen.

Die ganze Woche freute man sich auf Landgang. Frisch gewaschen und mit Ausgangspäckchen standen wir in der Vorhalle. Dann ging's los: „Morsealphabet und Kompass". Wer es nicht draufhatte, konnte sich gleich wieder umziehen und lernen.

MEIN ERSTER HEUERVERTRAG

Decksjungen, die die Seemannsschule bestanden hatten, waren sehr begehrt, die Reedereien äußerst scharf auf uns. Klar! Die Ausbildung in Bremervörde war hervorragend, aber wichtig war, dass der junge Seemann die billigste Allround-Arbeitskraft war. Zumindest die ersten zwei Lehrjahre bis zum Leichtmatrosen.

Nach Bremervörde mussten alle zum Seefahrtsamt. Letzter Gesundheitscheck und dann der große Augenblick: die Aushändigung des Seefahrtbuches. Jetzt war es perfekt! Ich war Seemann!

Der Mann vom Amt gab mir den Rat, nicht gleich auf große Fahrt zu gehen, sondern erst mal auf einem Kümo Nord-/Ostsee anzuheuern. „Wenn du dich geschickt anstellst, sparst du ein viertel Jahr Lehrzeit." Er hatte natürlich gleich ein Schiff für mich. Die „E. S.". Ein nagelneues Kümo, schon mit „Versaufloch", eine dritte Ladeluke vorn, unterhalb der Back. Sie war tiefer gelegt als die anderen Luken und das Vorschiff. Von der Seite sah es aus wie ausgesägt, deshalb der Spitzname „Versaufloch".

Später erfuhr ich, dass der Mann vom Seefahrtsamt mit dem Kapitän und Eigner verwandt war. Doch er hatte nicht gelogen. Der Alte machte mich schon nach einem halben Jahr zum Jungmann. Aber schön der Reihe nach.

Mein Kümo war noch ganz oben in Schweden, in Gävle, und erst in drei Wochen wieder in Hamburg. „Fahr noch mal nach Hause und lass dich feiern, Junge!", meinte der gute Ämtler. „Brauchen Sie eine Gitarre?", fragte ich ihn. Verblüfft fragte er mich: „Warum?" „Ich hab keine Kohle!" Ich bin sicher, er machte Spaß, als er sagte: „Spiel auf dem Kiez! Die zahlen gut. Freddy Quinn hat auch so angefangen." Ich zuckte die Achseln. „Ja, aber Freddy konnte spielen." Ich verstand nicht, warum jeder sich ablachte, wenn ich das sagte. Jedenfalls gab er mir, nachdem er sich die Tränen abgewischt hatte, 150 Mark. Das war eine Menge Holz. Eine halbe Monatsheuer. 50 Mark kostete meine Fahrkarte nach Bayern.

An dieser Stelle möchte ich mal etwas richtigstellen. Die allgemeine Meinung war damals, dass alle Seeleute Norddeutsche seien. Dazu sage ich nur: Wenn alle süddeutschen Seemänner aufgehört hätten, wären 60 Prozent der Handelsschiffe liegengeblieben.

Ich erinnerte mich an Old Papendiecks Abschlussrede, die längste in drei Monaten: „Jungs!" PAUSE. „Jetzt seid ihr Seeleute!" PAUSE. „Fahrt nach Hamburg zum Schiffsausstatter, kauft euch eine blaue Schlaghose, einen weißen Sweater mit blauem Kragen." PAUSE. „So geht ihr an Bord." PAUSE. „Das macht 'nen guten Eindruck!" Wie sicherlich alle anderen befolgte ich diesen Rat. Ich packte alles in meinen neuen Seesack.

Ich hatte noch sechs Stunden Zeit und 20 Mark. Also zog ich meine neue „Uniform" an, hängte mir den Seesack um und ging, „ein Bilderbuch-Seemann", auf die Reeperbahn in eine Seemannskneipe. Als ich eintrat, war es augenblicklich still. Ich habe großen Eindruck gemacht. Ich ging an die Bar, stellte meinen Seesack auf den Barhocker neben mich, legte mein neues Seefahrtsbuch vor mich auf den Tresen und bestellte ein Bier. Der alte Barkeeper, wie ich später erfuhr, ein Ex-Seemann, stellte das Bier vor mich hin. „Prost, Moses!" Woran hat der das erkannt! Ein Matrose kam zu mir, er war freundlich und gab mir die Hand. Weil er so nett war, wollte ich das auch sein. Ich erinnerte mich an den herzlichen Händedruck vor drei Monaten am Hauptbahnhof und kratzte dem Mann mit dem Mittelfinger die Handfläche. Bevor ich mich versah, war mein Auge so blau wie meine neu gebügelte Schlaghose.

Zwei andere Seeleute und der alte Barmann beschützten mich. Nachdem das Missverständnis geklärt war, wurden wir alle Freunde. Sie füllten mich nach allen Regeln der Kunst ab. Einer brachte mich dann mit dem Taxi zum Bahnhof und setzte mich in den Zug nach Bayern. Mit meiner neuen Uniform und meinem neuen Seesack. Meine Hose war blau, mein Matrosenkragen am Sweatshirt war blau, mein Auge war blau, ich war blau. So lief ich zu meinem ersten Heimaturlaub in Oberfranken ein. Eben ein echter Seemann.

STELLA MARIS

Ich war pünktlich in Hamburg. Mein Kümo nicht. In der Ostsee war Schlechtwetter. Deshalb sollte das Kümo erst am nächsten Tag in Hamburg-Harburg festmachen. Ich hatte also noch einen freien Abend. Mein neuer Freund vom Seefahrtsamt bestellte mir ein Zimmer im Stella Maris, dem Seemannsheim. Unmittelbar neben dem Kiez. Wenn nicht viel los war, wurden auch Zimmer an Leute, die auf der Reeperbahn arbeiteten, vermietet.

Ich bezog meinen Turm, hängte meinen Schlüssel an die Rezeption und ging zum Altonaer Hafen, um mir die Kümos anzuschauen. Da ich keine Kohle mehr hatte und am nächsten Tag fit sein wollte, kehrte ich schon am frühen Nachmittag zum Seemannsheim zurück. Die Rezeption war nicht besetzt, also ging ich hinter den Tresen und langte nach meinem Zimmerschlüssel. „Nummer 39", tönte es tief und sexy hinter mir. Ich drehte mich um und was auf der anderen Seite des Tresens stand, war ein Hammer. Ein Hammer mit langen strohblonden Haaren. Früher sagte man: „Ein Prachtweib!" Mindestens 180 Zentimeter groß, Wahnsinnsfigur, Riesenbusen, Mini und Lederstiefel. Ich brachte keinen Ton heraus und bin sicher, dass ich durch den offenen Mund atmete. Ganz mechanisch drehte ich mich um, holte Nummer 39 vom Haken und gab ihn ihr.

Ich ging wortlos mit meinem Schlüssel zum Aufzug. Sie folgte mir, merkte nun, dass ich selber Gast war und lachte herzhaft. Komisch, ich hatte noch gar nicht gesagt, dass ich nicht Gitarre spielen kann. Im Aufzug schaffte ich es gerade noch, mit meinem Zitterfinger den Knopf mit der 2 zu drücken. Prachtweib drückte auf 3. Sie sah mich an. „Seemann?" Ich nickte und hätte mir fast das Genick dabei gebrochen. Mir war vorher gar nicht aufgefallen, wie langsam dieser Scheißaufzug fuhr. Endlich 2. Stock. Die Aufzugtür brauchte ein Jahr, bis sie endlich offen stand. Ich dachte schon, ich verpasse mein Schiff.

Hastig stürzte ich aus dem Aufzug zu meiner Tür schräg gegenüber. Bevor ich sie hinter mir schloss, sah ich noch, wie diese „Erscheinung“ mir nachsah.

Keine Ahnung, wie lange ich wie versteinert auf meinem Bett saß. Plötzlich klopfte es. Ich öffnete und vor mir stand „sie“. Sie nahm meine Hand. Als sich die Schleier um mich ablegten, saß ich in ihrem Zimmer. Sie hieß Michelle und war, wie sie sagte, Tänzerin auf dem Kiez. Michelle erzählte mir, wo sie schon überall getanzt hatte. Berlin, Paris usw. Dabei zeigte sie mir ein Album mit vielen Fotos.

Ich weiß es nicht mehr genau, aber ich glaube, dass mir während der ganzen Zeit kein einziger Ton von den Lippen kam. Gott sei Dank hatte Michelle mehr zu erzählen als ich. Dann, irgendwann, gab sie mir ein Schwarzweiß-Glanzporträt mit Widmung, das ich übrigens heute noch besitze. Sie erklärte mir, dass sie sich nun fertig machen müsse, weil sie abends Auftritte hatte. Irgendwie schaffte ich es, Michelle zu fragen, ob ich zusehen könnte. Sie wollte das nicht, versprach mir aber, sich danach bei mir zu melden. Ich saß stundenlang in meinem Zimmer und hoffte, dass das nur so ein Spruch von ihr war. Mir ging der Arsch auf Grundeis. Wie lange ich da im Dunkeln saß, weiß ich nicht mehr. Irgendwann klopfte es. Mein Arsch war am Grundeis festgefroren.

In ihrem Zimmer ging Michelle gleich zur Sache, zog mir das Hemd aus, nahm meine Hand und führte sie zwischen ihre Schenkel. Da traf mich der Blitz. Und wie der Blitz riss ich mich los, schnappte mein Hemd, raste aus dem Zimmer, scheiß auf den Aufzug, die Treppe hinunter, in meinen Turm, schloss ab und stellte den Stuhl unter die Klinke. Beinah wär ich noch in den Schrank gekrochen.

Was ich zwischen den Schenkeln fühlte, war der Hammer. Im wahrsten Sinne des Wortes! Sie war ein ER!

Diese Geschichte habe ich im Kreis meiner Seemannskollegen nie wahrheitsgetreu erzählt. In Verbindung mit dem Porträt wurde daraus eine geile Fantasiegeschichte und ich freute mich über die sabbernden Kollegen, wenn sie mir zuhörten und dabei das Bild betrachteten. Ich hatte dabei kein schlechtes Gewissen. Schließlich hätte es ja so sein können und außerdem verschwieg ich nur eine gewisse Kleinigkeit.

WILLKOMMEN AN BORD

Auch die schlimmste Nacht geht mal vorbei. In den gemeinsamen Frühstücksraum wollte ich auf gar keinen Fall und war fest entschlossen, bis mittags in meinem abgesicherten Zimmer auszuharren, dann ein Taxi bestellen, mich reinschleichen und ab zum Hamburger Hafen.

Es klopfte! Darauf bedacht, kein Geräusch zu machen, blickte ich auf meine Uhr. Es war kurz nach neun. Das Klopfen wurde stärker, die Türklinke bewegte sich. „Ich bin nicht da!“ PAUSE. Erneutes Klopfen. Diesmal kräftiger. „Hey, Junge, ich habe eine Nachricht für dich!“ Gott sei Dank, es war nur der Alte von der Rezeption. Der Felsbrocken vom Herzen fiel mir auf den Fuß. Ich sprang freudig vom Bett auf. „Eine Nachricht von deinem Schiff!“ Der gute Alte von der Rezeption. Schnell war ich an der Tür, entfernte den Stuhl und öffnete. „Dein Kümo ist bereits eingelaufen. Du kannst schon an Bord kommen.“ Der liebe, gute Alte von der Rezeption. Ich hätte ihn küssen können. Nachdem ich mich frisch gemacht hatte, zog ich mich an, d.h., ich kleidete mich ein. Was hatte Old Papendieck gesagt? „Damit macht ihr einen guten Eindruck!" Und ich wollte einen ganz besonders guten Eindruck machen. Meine blaue Schlaghose war gereinigt und gebügelt. Die Leinenbluse gewaschen, gestärkt und ebenfalls gebügelt, war so weiß, dass man fast eine Schneebrille brauchte, um die Augen zu schützen. Mein blauer Matrosenkragen lag flach wie ein Brett auf dem Rücken. Ich blickte in den Spiegel und was ich sah, gefiel mir. Bei der Verabschiedung an der Rezeption gab mir der alte Mann, ein Ex-Seemann, mit aufgerissenen Augen und offenem Mund wortlos die Hand. An der Tür drehte ich mich noch einmal um. Sein Gesichtsausdruck war noch der gleiche. Probe bestanden. Den ersten Eindruck hatte ich schon gemacht. Der Taxifahrer fuhr mich zum Hafen, direkt vor mein Kümo. Während der ganzen Fahrt gluckste und kicherte er. Der letzte Fahrgast musste wohl einen besonders guten Witz erzählt haben.

Dann stand ich da! Vor der Gangway, die hinaufführte in mein neues Leben. Es war ein schönes Kümo. Man sah sofort, dass es noch neu war. Das Schiff war voll beladen mit großen Holzpaketen. Schnittholz. Lange, schmale Bretter. Auch an Deck im Gangbord zwischen den Luken und der inneren Bordwand, sogar auf den Luken.

Ich hatte meinen Seesack neben mich gestellt und betrachtete alles mit starker innerer Erregung. An Deck stand, auf die Verschanzung gelehnt, ein großer, etwas fülliger Junge. Gerd, ein Leichtmatrose aus Ansbach/ Oberfranken. „Ich bin der neue Decksjunge und möchte an Bord kommen."

Schließlich kannte ich die Regeln. Der Dicke nahm seine Pfeife aus dem Mund, blies den Rauch aus. „Moment! Moment! Warte einen Augenblick!" Er pfiff mehrmals laut durch die Finger und rief durch das Schott in den Niedergang. „Der Moses ist da!" Da kamen sie raus. Die zwei Matrosen, der Bootsmann, der Koch und der dritte Offizier. Nur der Alte fehlte.

„Sie können an Bord kommen, Sir." Übertrieben höflich der Dicke, dachte ich, nahm meinen Seesack, ging die Gangway hoch und „betrat" das Schiff.

Der dritte Offizier, übrigens ein prima Bursche, schrie laut: „Achtung!"

Alle nahmen Haltung an und grüßten militärisch. Mann, war ich stolz! Ich war auf über zwei Meter gewachsen. „Danke, Old Papendieck", dachte ich. Dann ging es los! Das war kein Gelächter, das über mich hereinbrach, das war ein Orkan. Sie kriegten sich nicht mehr ein. Dass sie sich nicht an Deck wälzten, war alles.

Eine kräftige, laute Stimme beendete das Spektakel. Oben in der Nock, neben der offenen Brücke, stand der Kapitän. Der Alte! Groß und kräftig, fast wie Old Papendieck, mit dunklem Rollkragenpullover und verwaschener Skippermütze.

„Das reicht, lasst den Jungen in Ruhe!" Dann musterte er mich von oben bis unten. Ich war längst wieder auf Normalgröße und meinte, ein Lächeln gesehen zu haben, als er sagte: „Aha, Old Papendieck!" Dann ging er wieder in die Brücke.

Danach erfuhr ich es. Der dritte Offizier klärte mich auf. Es war eine richtige Decksjungenverarsche. Was ich anhatte, war eine Fantasieuniform, die der Sommerausgehuniform der Kriegsmarine ähnlich sah, und hatte überhaupt nichts mit der Handelsmarine zu tun. Die Landratten kauften sich solche Uniformen für den Fasching. Ich war erledigt. Mann, hab ich mich lächerlich, richtig beschissen gefühlt. Am liebsten wäre ich wieder gegangen. Auch der Gedanke tröstete mich nicht, dass neunzehn andere kleine Idioten auf anderen Schiffen den gleichen Affen abgaben wie ich. Zum Teufel mit dir, Old Papendieck!

Zum besseren Verständnis dieser Geschichte: Es war ein alter Seemannsbrauch, dass der Decksjunge voll auf die Rolle genommen wurde. Die älteren Besatzungsmitglieder, vom Leichtmatrosen aufwärts, machten einen Sport daraus, einen regelrechten Wettbewerb, wer die beste Verarsche brachte. Dabei waren die Streiche nicht zimperlich, das dürfen Sie mir glauben.

Nachdem ich meine Kammer bezogen hatte, ich wohnte mit Gerd, dem dicken Leichtmatrosen, zusammen, natürlich in der oberen Koje – die Kabinen auf dem Kümo waren platzsparend klein, mit einem festgeschraubten Tisch und einer kleinen Eckbank, ein zweigeteilter Wandschrank mit zwei Schubladen und zwei Stockkojen –, durfte ich mich auf der Brücke beim Alten melden. Die Begrüßung war kurz, aber freundlich. Da nur die Deckslast gelöscht wurde, der Rest sollte nach London, war bis zum Auslaufen frei. Der Kapitän beorderte Gerd, mit mir zum Schiffsausstatter im Hafen zu gehen, um richtige Deckskleidung zu kaufen. Dazu gehörten auch Ölzeug und Gummistiefel und, das machte mich wieder stolz, ein richtiges Decksmesser. Unnötig zu erwähnen, dass ich mich umgezogen hatte.

Als ich nun seemännisch eingekleidet und von Gerd, meinem Kammergenossen, alles an Bord, einschließlich Maschinenraum, gezeigt bekommen hatte, natürlich verbunden mit den ersten Anweisungen, musste ich mein erstes Arbeitspäckchen anziehen und, ganz klar, arbeiten.

Uwe, der Bootsmann, gab mir Eimer und Putzzeug und den Auftrag, achtern die Unterkünfte, Duschen, Toiletten, Gänge, Niedergang und die Messe zu putzen.

Das Kümo: 1.600 BRT, 50 m lang, 14 m breit, 3 Deckluken, die Aufbauten achtern. Vom Achterdeck ging es durch ein Schott über eine Treppe nach unten zu den Mannschaftsquartieren und noch einmal tiefer in den Maschinenraum. Nach oben führte die Treppe zu den Eigner- und Kapitänswohnräumen, darüber zur Brücke. Zwischen Mannschafts- und Kapitänsräumen lagen auf Deckshöhe die Küche und die Messe. Der gesamte Rest des Schiffes war Lade- und Nutzraum.

Seltsam, das war auch die erste Tätigkeit auf der Seemannsschule. Nachdem ich oben fertig war, nahm ich den halb vollen Eimer mit dem nun bereits schmutzigen Putzwasser und wollte die Treppe nach unten gehen. Direkt vor dem Niedergang war ein kleiner Absatz. Na ja, so gut kannte ich das Schiff noch nicht, ich stolperte. Eine Regel, die uns auf der Seemannsschule beigebracht wurde, lautete: „Stets eine Hand für die eigene Sicherheit auf dem Schiff.“ Ich dachte mir, zwei Hände sind noch sicherer. Also ließ ich den Eimer los und hielt mich mit beiden Händen an den Handläufen fest. Der Eimer folgte der Anziehungskraft und flog die Treppe runter. In diesem saublöden Augenblick kam Uwe, der Bootsmann, um die Ecke. Es sah schon komisch aus, wie ihm die nasse Zigarette am Mundwinkel herunterhing. Leider musste ich lachen. Uwe fand dies gar nicht komisch. Er nahm den nassen Feudel von seiner Schulter und schlug ihn mir so lange um die Ohren, bis er trocken war. Willkommen an Bord.

Nun war das Schiff achtern blitzblank geputzt und ich musste noch dem Koch beim Empfang und Einräumen des Proviants helfen. Eine der tausend Regeln, die ein Decksjunge beherrschen sollte, lautete: „Mit drei Leuten an Bord musst du dich unbedingt gutstellen. 1. dem Bootsmann, 2. dem Ersten Offizier und 3. – ganz wichtig – dem Koch." Bis auf einmal, Ausnahme: gleich das erste Schiff, mein Kümo, ist mir das immer hervorragend gelungen.

Gegen 16 Uhr war ich mit allem fertig. Der Bootsmann war zwar noch sauer auf mich, aber mit meiner Arbeit zufrieden und gab mir bis zum Auslaufen frei. Gerd klopfte mir freundschaftlich auf die Schulter. „Auf, Moses, wir gehen alle zusammen zu Inge, eine kleine Seemannskneipe im Hafen, du bist eingeladen." Jetzt war ich wieder obenauf. Sie merkten, dass ich gut war, sie akzeptierten mich, ich gehörte zu ihnen. Scheiße! Ich sollte bald merken, dass dies alles zu einem hinterhältigen Schweineplan gehörte.

Inge war die Chefin der Kneipe, sie muss so um die 40 gewesen sein, für mich jedenfalls eine alte Schachtel, die vielleicht einmal ganz passabel ausgesehen hatte, aber jetzt einen sehr verlebten Eindruck machte. Es ging ziemlich hoch her. Der Schuppen war gut besucht, alles Kümoleute. Natürlich war ich der Jüngste, das Küken mit den Eierschalen.

Inge machte das richtig heiß. Zu den Getränken, Seemannsstandardgetränk: der Schiefe = 1 Pils mit Schnaps, die mir meine spendierfreudigen Kollegen hinstellten, gab sie immer einen Schuss extra. Einen angetrunkenen Matrosen von einem anderen Kümo machte dies eifersüchtig und er wollte mir an den Kragen. Uwe, mein Bootsmann, knallte ihm ein paar und warf ihn raus.

An dieser Stelle noch eine wichtige Information: Egal, wie die Matrosen den Moses an Bord des eigenen Schiffes behandelten, traktierten, es war ihre heilige Pflicht, den Jungen an Land auf jeden Fall zu beschützen. Das hatte ich sofort raus und nutzte es nach dem Motto „Die Rache des kleinen Mannes" gnadenlos aus.

Jedenfalls war ich bald ziemlich breit. Wenn man mir vorher gesagt hätte, dass ich mit Inge intensiv knutschend an der Bar sitzen würde, wäre ich an Bord geblieben und hätte mit einem Waschlappen das ganze Schiff geputzt. Danach wusste ich, was der Ausdruck „schöntrinken“ bedeutet. Das Letzte, woran ich mich erinnerte, war, dass sie mir in den Schritt fasste und fragte: „Wächst der noch?“ Den Rest kenne ich nur noch von Erzählungen. Anscheinend bin ich zwischen ihren Brüsten eingeschlafen. Das musste stimmen, denn als ich sechs Wochen später zu Inge in die Kneipe kam, nahm sie mich sofort in die Arme und sagte: „Komm an meine Brust und schlaf dich aus!“ Jedenfalls hatten mich meine Männer an Bord gebracht und in die Koje verfrachtet.

Ich war irgendwie in einem Traum, in irgendeinem Sack oder Fass und wurde hin- und hergeschmissen oder gerollt. Aus diesem Traum wurde ich mit einem Schwall kaltem Wasser gerissen und in einen Albtraum geworfen.

Diese dicke Sau, Gerd, hatte mich mit einem Eimer Wasser geweckt. Panikartig sprang ich aus der Koje, knallte als Erstes gegen die Tür. Als ich mich aufraffte, flog ich über den Tisch auf die Eckbank. Ich klammerte mich an den Tisch, wurde hochgeschleudert und wieder zurück auf die Bank. Als Zweites kotzte ich über den Tisch, dem dicken Gerd voll auf die Oberschenkel.

Wir waren auf See. Die Elbe hatte uns in die Nordsee gespült, mitten in Windstärke 6 bis 7. Ich war Decksjunge, Seemann auf meinem ersten Schiff, und hatte das erste „Leinen los!“, das erste Auslaufen des Schiffes, die erste Fahrt auf der Elbe in die Nordsee, verpennt. Meine Jungfernfahrt begann mitten in der Hölle. Ich hatte das Gefühl, kein Skelett mehr zu besitzen. Ich fühlte mich wie eine, ja, wie eine Gummipuppe.

Mein nächster Flug ging über den Tisch Richtung Tür. Gerd, der auf meiner Kotze keinen festen Stand mehr hatte, rutschte in meine Flugbahn und polsterte meinen Schlag gegen die Tür ab. Aus Dankbarkeit reiherte ich ihm über die Brust. Nun musste er selber kotzen, mir über den Rücken. Der inzwischen vom Erbrochenen rutschige Boden, das Stampfen und Schaukeln des Schiffes ließen keinen festen Stand noch Halten zu. Ich ließ Gerd nicht mehr los, so sehr er sich auch bemühte. Zwangsläufig stürzten wir beide und wurden in der Kammer auf dem Boden hin- und hergerollt. So wäre es sicher weitergegangen, wenn der Bootsmann, durch Gerds Hilferufe alarmiert, nicht gekommen wäre. Um es abzukürzen, Gerd sollte mich wecken, weil ich auf die Brücke musste, um meine 4- bis 8-Uhr-Wache anzutreten, mit dem 3. Offizier zusammen. Sobald ich die Koje verließ, setzte die Seekrankheit ein. Natürlich verstärkt durch den Schweineplan der Kollegen, mich vorher abzufüllen. Nun war mir bewusst, ich war nicht anerkannt und gleichwertig und aufgenommen. Ich war ein Blödmann, ich war der Moses und vor allem seekrank.

Es ist notwendig, zum besseren Verständnis die Seekrankheit zu beschreiben.

Die Seekrankheit ist aus meiner Sicht und nach Aussage aller mir bekannten Kameraden zu See die seltsamste, aber vor allem die schlimmste Krankheit, die ich kenne (außerdem tatsächlich lebensgefährlich).

Ausgelöst wird sie im Gehörgang, und zwar durch das Hämmerchen und den kleinen Amboss. Durch die schwankenden und ungleichmäßigen Bewegungen (Stampfen, auf und ab, nach vorn und hinten, oder Schwanken und Rollen von links nach rechts, im schlimmsten Fall auch alles zusammen) spielen diese beiden Knöchel- oder Knörpelchen verrückt. Sie lösen über das Gehirn Schwindelgefühl und Übelkeit aus, aber in einer abartigen Form, wie man es eigentlich nicht beschreiben kann. Ich versuche es trotzdem.

Stellen Sie sich vor, Sie sitzen in einem kleinen Kinderkarussell auf dem Spielplatz und jemand schiebt Sie an. Immer kräftiger und schneller. Wenn Sie dann abspringen, ist Ihr Gleichgewichtsgefühl im Arsch und Sie fallen erst mal gewaltig auf die Schnauze. Würde das Herumwirbeln ständig weitergehen, käme unausweichlich Übelkeit dazu und Sie würden sich unweigerlich übergeben. Aber nachdem Sie sich beruhigt haben, d.h., das Drehen hat aufgehört, geht es Ihnen gleich wieder besser. Bei Schlechtwetter auf See bewegt sich das Schiff, bis sich das Wetter beruhigt oder es in den Hafen einläuft. Bis dahin sind Sie diesen unnormalen Bewegungen ausgesetzt. Jede Sekunde, Minute, Stunde, Tag und Nacht. Wenn es schlimm kommt, große Fahrt, auch Wochen. Ich habe das schon mal drei Monate auf einem Fischkutter im Atlantik mitgemacht.

Seltsam deshalb, denn, wie schon erwähnt, sobald das Schiff ruhig fährt, ist die Krankheit wie von Geisterhand verschwunden. Gefährlich, weil die Krankheit ekelhaft ist und die Psyche verrückt spielt, man ist sogar suizidgefährdet. Es hat tatsächlich Fälle gegeben, wo Seekranke in ihrer Verzweiflung über Bord gesprungen sind. Es könnte jemand mit einer Schrotflinte vor Ihnen stehen, Sie würden ihm ins Gesicht spucken oder ihm eine knallen. Es wäre ihnen vollkommen egal. Die ununterbrochenen Schwindelgefühle und die konstante Übelkeit veranlassen ein ständiges Würgen und Erbrechen. Essen können Sie nichts mehr. Selbst wenn Sie etwas trinken, es kommt sofort wieder heraus.

Allerdings ist Seekrankheit relativ. Es gibt Menschen, die werden nie seekrank, und andere werden nie seefest. Im Normalfall ist die Seekrankheit nach zwei oder drei Monaten vorbei. Sie müssen ihr aber in dieser Zeit ständig ausgesetzt sein. Außerdem spielt auch die Größe des Schiffes eine wichtige Rolle. Und natürlich ist es ein großer Unterschied, ob Sie z.B. Windstärke 9 in der Nord-/Ostsee oder im Nordatlantik erleben. Seltsamerweise geht es einem auch in der Waagerechten besser, also in der Koje. Aber dieses Privileg ist nur Passagieren erlaubt, niemals einem Decksjungen. Denn in der Koje ist noch keiner seefest geworden.

Zurück zur Geschichte.

Nachdem es dem Bootsmann gelungen war, Gerd von mir zu befreien, musste er mich erst mal vor den Schlägen des wütenden Dicken retten. Danach stellte er mich unter die Dusche, was einer akrobatischen Leistung gleichkam. Auch dabei musste ich ständig weiter kotzen. Es kam schon keine Masse mehr, nur noch Schleim und Magensäure. Vom Bootsmann hörte ich zum ersten Mal den berühmten Satz: „Pass auf, Junge, wenn ein brauner Ring kommt, gleich wieder runterschlucken. Das ist dein Arschloch!“ Danach half er mir beim Anziehen und brachte mich an Deck. Auf dem Weg durch den Gang begegnete uns Gerd, der zur Dusche unterwegs war. Er stank fürchterlich. Seine Mörderblicke waren mir scheißegal.

Die frische Luft an Deck tat mir zunächst erst mal gut. Trotz meines furchtbaren Zustands nahm ich schemenhaft wahr, wo ich mich befand und was um mich herum geschah. Wie ich später im Zielhafen Karlsham erfuhr, hatten wir mittlerweile Windstärke 8. Es war die „Hölle“. Ich, der kleine Junge aus Forchheim/Oberfranken, befand mich mitten im Weltuntergang. Wie oft hatte ich Filme über die Seefahrt gesehen, die Bounty, Kriegsfilme, und mich danach gesehnt so etwas selbst einmal zu erleben. Aber kein Film konnte das vermitteln, was ich jetzt erlebte und was noch vor mir lag. Dieser Lärm, der tobende, brüllende Wind, das donnernde Brechen der Wellen, das Krachen, wenn das Kümo in die Wellenberge eintauchte.

Das Wetter kam von vorn. So dass ich, achtern auf Leeseite vor Spritzwasser geschützt, alles, was noch ging, von mir gab, stets darauf achtend, mein Arschloch nicht zu verlieren. Dann brachte mich der gute Bootsmann, mehr tragend, auf die Brücke. In der Brückentür, Leeseite, empfing mich der Alte. „Na, Junge, Spaß gehabt bei Inge?“, dabei blies er mir den Rauch von seiner Pfeife ins Gesicht. Der Bootsmann erwischte mich grade noch an meinem Gürtel, bevor ich über die Nock in die tosende See sprang. Ich gab alles! Und in diesem Augenblick war es mir auch völlig egal, ob ich mein Arschloch verliere.

Der Anblick, der sich mir trotz meines Zustands bot, war der gigantischste in meinem Leben. Ich habe zwar später viel Schlimmeres erlebt, aber es war nun mal das erste Mal.

Hier oben, auf dem höchsten Teil des Schiffes, auf der Brücke, war das Toben noch brachialer, die Hölle noch höllischer. Die Wellenberge, die auf unser Kümo, bedeckt von weißer, kochender Gischt, zuwalzten, kamen mir wie explodierende Felsen vor. Der Bug des Schiffes stieg hoch, sodass ich aufblicken musste, dann senkte er sich wie in Zeitlupe ab und bohrte sich in den anrollenden Berg hinein. Das gesamte Vorschiff und die Luken waren verschwunden. Das Meer rollte einfach über uns hinweg und platzte erst an den vorderen Aufbauten des Schiffes auseinander. Das erste Mal in meinem jungen Leben begegnete ich diesen Naturgewalten. Ich machte eine vorher nie gekannte Erfahrung. Ich hatte Todesangst. Aber das war nur eine Momentaufnahme. Danach verfiel ich sofort, durch die übermächtige Seekrankheit, in ein erlösendes Never-mind-Gefühl.

Nach drei Tagen liefen wir in Karlsham ein. Die nächsten zwei Fahrten, Schweden – Karlsham – Gävle – England – London – Newcastle – Portsmouth, erfüllten bei mir nur einen Zweck: seefest zu werden. Zu meinem Pech, ich verfluchte die See, war jede Fahrt Schlechtwetter, stets zwischen 6 und 9. Erst später wurde mir klar, dass das eigentlich ein Glück war. Bedingt durch diese Extreme war ich bereits nach sechs Wochen seefest. Mir wurde der Teufel mit dem Beelzebub ausgetrieben.

Es gab zu keinem Zeitpunkt eine Schonzeit für mich. Ich musste meine acht Stunden arbeiten und Wache gehen wie jeder andere, d.h. achtern putzen. Dabei hatte ich immer zwei Eimer bei mir, einen zum Saubermachen, den anderen zum Reinkotzen.

Jede zweite Stunde ging es in den Maschinenraum zum Abschmieren und zur Ölkontrolle. Eben alle Arbeiten, die man bei Schlechtwetter auf dem Schiff verrichten konnte. Am Anfang war stets ein Matrose dabei, der Alte hatte Angst, ich könnte über die Kante springen. Außerdem zwang man mich massiv zum Essen. Immer wieder und immer wieder. Gerd, das dicke Schwein, blies mir bei jeder Gelegenheit Pfeifenrauch ins Gesicht, dabei stets bedacht, Abstand von mir zu halten, Rauch erhöhte das Übelkeitsgefühl. In dieser Zeit ließ mich der Alte auch nicht an Land. Auch Alkohol im Hafen war mir verboten.

Es war übrigens die Zeit der Sturmflutkatastrophe in Hamburg. Ich werde den Anblick, als wir, nachdem die Flut zurückgegangen war, die Elbe hochfuhren, nicht vergessen. Kleinere Schiffe lagen auf den wässrigen, matschigen Wiesen. Aber das Makaberste waren die Tiere. Hauptsächlich Rinder und Schafe lagen auf dem Rücken mit aufgeblähten Körpern. Es hing ein eigenartiger, penetranter Geruch in der Luft. Manchmal knallte es. Gerd meinte dann lakonisch: „Jetzt ist 'ne Kuh geplatzt."

Das Glück kam von Wetter zu Wetter näher. Auch die Gemeinheiten und Schikanen erwiesen sich als hilfreich. Schwindelgefühle wurden weniger, die Übelkeit schwächer. Und irgendwann auf der Fahrt nach Karlsham blieb das Essen drinnen. Die Seekrankheit war überwunden, das Arschloch noch dort, wo es hingehörte. Ich war seefest.

Mein erster Landgang stand bevor. Montag um 16 Uhr liefen wir in Karlsham ein. Eins noch: Obwohl ich eigentlich Nichtraucher war, begann ich demonstrativ zu paffen. Das löste natürlich den einen oder anderen Rückfall aus, aber das war mir die Sache wert. Dem dicken Arsch Gerd hab ich's gezeigt.

KARLSHAM, SCHWEDEN

Der Koch auf dem Kümo war mein bester Freund. Übrigens habe ich das auf allen Schiffen beibehalten. Dadurch wurde das Leben an Bord angenehmer. Also, wie gesagt, er war mein bester Freund. Jedenfalls bis Karlsham. Es muss Wochenende gewesen sein, denn wir hatten abends frei. Mit meinem Koch, ich glaube, er hieß Albert, ging ich an Land. Wir hatten unsere besten Päckchen – Kleidung – an.

Der Weg vom Hafen bis Karlsham-Zentrum betrug fünf Kilometer. In die Stadt nahm uns der Schiffsagent in seinem Auto mit. Wir haben beide nicht schlecht getrunken. Vor den Hafenmädchen hatte ich damals ganz schön Bammel, also hielt ich mich mehr an den Alkohol.

Erst sehr viel später wollten wir an Bord. Übereinstimmend beschlossen wir, dass Laufen nicht infrage käme. Wir knobelten. Ich musste das Fahrrad klauen. Da die Schweden sehr ehrlich sind, war dies kein Problem. Das Problem war eigentlich, wer fährt und wer sitzt auf dem Gepäckträger. Kurz, ich wurde zum Fahren bestimmt. Es war eine angenehme Sommernacht. Mein Freund Albert war auch gleich, an meinen Rücken gelehnt, eingeschlafen, als mir plötzlich Scheinwerfer entgegenstrahlten. „Die fahren auf der falschen Seite“, dachte ich. Welch Irrtum! Schweden – Linksverkehr! Ich war also auf der falschen Seite und zu allem Übel kam das Scheinwerferlicht aus einem Streifenwagen.

Nach dieser Erkenntnis warnte ich meinen Albert, sprang noch während der Fahrt vom Rad und rannte davon. Leider schlief Albert zu fest. Im Weglaufen sah ich, wie sich das Fahrrad, mit dem aus dem Sattel gefallenen, schlafenden Albert, mit langsamer Fahrt voraus zur Seite neigte und vor die Füße von zwei Polizisten stürzte. Niemand verfolgte mich. Warum auch, sie hatten ja Albert.

Es dauerte auch nicht lange, bis der Streifenwagen vor der Gangway stand. Zwei Polizisten und Albert mit dickem Verband um den Kopf stiegen aus. Der Alte wurde geweckt und ich musste in die Messe kommen. Albert sah aus wie ein Scheich mit Turban. Die Polizisten erklärten mir, dass ich mitkommen müsse. Ein Blick in Alberts mordlüsterne Augen erleichterte mir meine erste Fahrt in einem Polizeiauto.

Unsere Liegezeit war zu Ende, deshalb wurde ein schnelles Urteil gesprochen. Albert und ich mussten 250 Kronen Strafe zahlen oder 14 Tage ersatzweise Haft. Der Koch war unentbehrlich, deshalb zahlte der Alte die Strafe. Ich wusste, dass Albert nicht mehr mein Freund war, und weigerte mich, Selbsterhaltungstrieb, die Strafe von meiner Heuer abziehen zu lassen. Ich musste sitzen. Da das Kümo bis hoch nach Gävle fuhr, gab es auch kein Zeitproblem, denn 14 Tage später würde mein Schiff wieder in Karlsham sein.

IM GEFÄNGNIS

Mann, war das eine Zeit! Herrlich! Der Traum aller Verbrecher (Fahrraddiebe).

Während meiner weiteren Seemannszeit war ich noch ein paarmal Gast ausländischer Gefängnisse. Die waren dagegen ein Albtraum, aber in Karlsham – wie Urlaub auf einer Insel.

Erholung nach all der harten Arbeit auf See und an Bord. Ich habe die leeren Zellen, ich war seit zwei Jahren der erste Besucher, gefegt, musste einkaufen gehen und mit den wachhabenden Beamten Karten spielen.

Weil mir das süße schwedische Essen nicht bekam, kochten mir die Beamtenfrauen deutsches Essen. Leider lief mein Kümo zwei Tage früher als erwartet ein. So wurde ich, gegen meinen Willen, wegen guter Führung zwei Tage früher entlassen.

Einmal kam ein älterer Mann zu mir in die Polizeistation, brachte mir Obst, schüttelte mir die Hand, redete auf mich ein, drückte mich und ging wieder. Der Polizist erklärte mir daraufhin, dass dies der Besitzer des Fahrrads war, das ich geklaut hatte. Er gab sich die Schuld, dass ich im Knast saß, weil er sein Rad nicht abgeschlossen hatte. Ich liebe die Schweden, auch heute noch!

Und so war's: Der Alte stand neben mir, als die nette Richterin nach 20-minütiger Verhandlung in ihrem Büro die Strafe aussprach. Der Hafenagent, der alles übersetzte, bot an, die Geldstrafe über die Holzfirma zu übernehmen. Nicht die Strafe, sondern die angebotene Hilfe hat mich geschockt. Was hätte das bedeutet! Zurück in die Arme des mordlüsternen Kochs. War der denn bekloppt?! Natürlich habe ich mich wie ein Mann der Verantwortung und der damit verbundenen Strafe gestellt und das gut gemeinte Angebot abgelehnt.

Heute weiß ich, dass allen Anwesenden klar war, dass ich das Ganze nicht als Strafe empfand. Der Alte war deswegen auch ziemlich sauer auf mich.

Die Richterin sah toll aus. Da die Kurzverhandlung in Schwedisch geführt wurde, hatte ich den Mut, dies auf Deutsch auszusprechen. An der Tür drehte ich mich um, lächelte sie mit meinem 16-jährigen männlichen Charme an und sagte: „Um von Ihnen verurteilt zu werden, klau ich noch mal ein Rad!" Ich fasste es nicht! Sie antwortete in sympathisch gebrochenem Deutsch: „Nöch sö ün Kompliment ünd ik spreke dik frei!" Schon war ik üs der Tür. Als wir draußen waren, klopfte mir der Agent auf die Schulter: „Schade, das hätte was werden können!"

„Arschloch!" (hab ich aber nur gedacht).

WIEDER AN BORD

Der Gedanke an Albert machte mir den Abschied sehr schwer. Doch Gott war mit mir. Albert war nicht mehr an Bord. Er hatte sich in Gävle einen Tripper geholt und da man mit einer Geschlechtskrankheit in der Kombüse nicht arbeiten darf, musste er nach Hause fliegen.

Vom Rest der Mannschaft wurde ich freudig begrüßt, aber keinesfalls, weil man mich so mochte, no Sir! Sie hatten zwölf Tage keinen Moses, der die Drecksarbeit an Bord machte. Außerdem, Gott war doch nicht mit mir, musste ich für zehn Tage kochen, bis ein neuer Koch kam.

IN DER KOMBÜSE

Noch nie zuvor hatte ich gekocht. Gott sei Dank gab es in der Kombüse reichlich Vorrat an Dosen und Eiern. Ich bemühte mich, so abwechslungsreich wie möglich zu kochen. Als Erstes stellte ich fest, wie schwer es doch ist, Frühstückseier zuzubereiten. Rühreier brieten mir ständig in der Pfanne an, Spiegeleier zerliefen, weiche waren entweder zu weich oder zu hart.

Apropos, harte gelangen mir immer! So dauerte es nicht lange, bis die ersten Rufe nach etwas anderem, Deftigem, unterstrichen mit einigen Tritten und Schlägen, ertönten. Als sich selbst der Alte bei meinem Anblick die Lippen leckte, kam mir die rettende Idee. Etwas konnte ich doch!

Mein Vater hatte mir gezeigt, wie man aus handgeriebenen und gekochten Kartoffeln und rohen Eiern bayrische Knödel machte. Ich habe mich bemüht! Wie ich geschuftet habe, für sieben Mann Knödel – wer etwas davon versteht, weiß, wie viele Kartoffeln gerieben werden müssen. Doch abgesehen von der Knöchelhaut, die auf der Reibfläche blieb, war ich sehr zufrieden.

Man könnte sagen, ich war wiederum stolz auf mich. Dazu öffnete ich einige Dosen Gulasch und würzte auf Teufel komm raus. Ich stellte alles ordentlich auf die Back, rief nach der Mannschaft und stand in freudiger Erwartung in meiner Kombüse. Es dauerte nicht lang. Eine Weile war es ganz still in der Messe, dann ging's los.

„Hey, Moses!!!" Freudig schob ich das kleine Verbindungstürchen von der Kombüse zur Messe auf und steckte lächelnd den Kopf hindurch. Ich erwartete Lob und Nachschlagwünsche.

Der erste Knödel traf mich heiß im Genick, der zweite oberhalb des linken Auges. Gott hat mich, gedankt sei ihm dafür, mit sehr guten Reflexen ausgestattet. Kopf rein, Klappe dicht und Kombüse abgesperrt war eins. Nach einer Stunde Belagerung wagte ich mich wieder in die Messe.

Ich benötigte den ganzen Tag, die Spuren meiner Kochkunst von Boden, Decke und Wänden zu putzen. Einer hatte mit einem Knödel sogar einen Galgen an die Wand gemalt. „Scheißbayer“ war noch der harmloseste Titel, der, mit Kloß geschrieben, darunter stand. Damals habe ich auf meinen Grabstein geschworen, nie wieder Perlen (Klöße) vor die Säue zu stellen. Noch heute, als gestandener Hobbykoch, frage ich meine Familie und Freunde, ob sie lieber Kartoffeln, Nudeln oder Knödel möchten!

Es nützte alles nichts, kein Freud ohne Leid. Man bekommt nichts geschenkt. Der Rache des Kochs war ich entkommen. Doch bis der neue Koch an Bord kam, nach 14 Tagen (eine Reise Schweden – England – Hamburg), hatte ich als Moses die Arschkarte, die Mehrbelastung. Die Küche und den Service. Die Betonung liegt auf Mehrbelastung. Denn von meinen Pflichten als Decksjunge wurde ich deshalb nicht entbunden. Es bedeutete lediglich früher aufstehen, mehr und schneller arbeiten, später in die Koje.

Die letzte Tätigkeit waren die Berge von Geschirr und das Entsorgen des Küchenmülls, die Tonne mit Essensresten und anderem Müll. Einmal hatte ich die „Scheißtonne“ vergessen auszuleeren. Als ich fröhlich pfeifend von der Dusche in meine Kammer kam, war der gesamte Inhalt der Mülltonne auf meiner Koje verteilt.

Eine Stunde habe ich geputzt, die Matratze gewaschen. Ich musste deshalb die Nacht auf der Bank, 150 x 40 cm, schlafen. Selbst nach dreimaliger Matratzenwäsche bekam ich diesen Geruch nicht raus. Müll ist penetrant wie Katzenpisse. In meiner Verzweiflung leerte ich eine Flasche 4711 über die Matratze. Mein Kabinengenosse, der dicke Gerd, hat mich dafür fast erschlagen, denn da wir wegen des schlechten Wetters das Bulleye nicht öffnen konnten, war der Gestank Kopfweh erregend. Es roch, wie die anderen meinten, bei uns in der Kammer wie in einem Slumpuff mit Parfum Marke „Müllhalde“.

Nachdem die Besatzung, einschließlich Kapitän, es leid war, täglich Eier zu essen (ich hatte meine Fantasie gebraucht und den Speiseplan um Eiersuppe erweitert), und mein körperliches Wohlbefinden in Gefahr geriet, fing ich an zu improvisieren. Auf Schiffen gab es immer sehr viele Dosen. So fing ich an zu mixen. Alles, was irgendwie zusammenpasste, z.B. Gulasch mit Bohnen. Dazu kochte ich dann Kartoffeln oder Nudeln. Heute weiß ich, dass meine Mixerei ein Schweinefraß war, aber es schmeckte diesen Idioten. Scheiße! Ich lernte tatsächlich kochen.

Endlich war es so weit – der neue Koch kam. Über ihn habe ich mich so sehr gefreut, dass ich ihm sogar den Seesack an Bord getragen habe. Länger hätte ich die Kombüsenzeit wirklich nicht mehr ausgehalten. Selbst mein Sexualleben geriet schon durcheinander. In diesen 14 Tagen habe ich höchstens zweimal onaniert.

DIE JUNGFRÄULICHKEIT

Sie zu verteidigen war mein größtes Problem. Nicht, dass ich so unwiderstehlich war, nur ein ganz passabler Typ, groß gewachsen, blond, mit blauen Augen. Ich war zwar schüchtern, aber die Mädchen bereiteten mir keine Sorgen.

Es waren vielmehr die Matrosen und so ein verdammter Seemannsbrauch, der mir Kummer verschaffte. Sie waren nicht schwul, nein, das war's auch nicht. Wie ich schon erwähnte, der blöde Brauch: „Der Decksjunge muss ran!“

Im Klartext heißt das, die Matrosen suchen sich eine Nutte, bezahlen sie, bringen sie mit an Bord und der Decksjunge muss ran.

Das klingt ja alles ganz gut. Ich hörte, dass es sogar Väter gibt, die so etwas machen, und grundsätzlich hätte ich auch gar nichts dagegen gehabt. Aber erstens hat der Moses keinen Einfluss auf die Auswahl der „Dame“, doch damit hätte ich leben können, wenn nicht zweitens gewesen wäre. Die Matrosen schauten dabei zu.

Bei mir sollte es in einer kleinen dänischen Hafenstadt passieren. Früh um zwei Uhr schleppten die Jungs eine an. Sie warfen mich aus dem Bett und die Nutte rein. Sie erklärten mir die Regel. Sie war ziemlich einfach: machen oder Prügel.

Ich sah mir die für einen 16-Jährigen schon etwas ältere Frau an. Irgendwo zwischen 30 und 50. Der nackte Körper war ja noch irgendwie zu vertreten, aber das verlebte Gesicht, doch vor allen Dingen – die Zähne!

Ein Blick zurück auf die Mannschaft bereitete mir größere Sorgen und ich sagte mir: „Hier musst du irgendwie durch!“

Also schloss ich die Augen und dachte an etwas besonders Schönes, mit körperlichem Erfolg. Es wäre mir bestimmt gelungen, wenn dieser Trampel die Schnauze gehalten hätte.

Ich war schon dicht bei ihr, als sie in schlechtem Deutsch sagte: „Gan he, Gleine!“ Nicht das üble Deutsch, sondern der schlechte Atem, den selbst die tollsten Gedanken hinter verschlossenen Augen nicht abhalten konnten, ließen das „Kartenhaus“ zusammenfallen.

Jetzt musste ich blitzartig handeln. Der Überraschungseffekt war auf meiner Seite. Nackt wie ich war, sprang ich mit affenartiger Geschwindigkeit auf die Beine und kroch genauso schnell durch das Bullauge. Ein Glück, dass mein Kümo so niedrig und die Kaimauer so hoch war.

So schaffte ich es, über die achterne Festmacherleine unbeschadet an Land zu kommen. Ich versteckte mich zwischen Gerümpel im Hafengelände. Es war Winter und affig kalt und als die Matrosen endlich die Suche nach mir aufgaben, war ich fast erfroren. Aber ich hatte mich erfolgreich verteidigt. Auch die Prügel, die ich am nächsten Tag bekam, nahm ich unter starker Gegenwehr tapfer auf mich. Meine Standhaftigkeit wurde acht Monate später in Japan belohnt.

Selbstverständlich war ich kein Frauenverächter. Im Gegenteil. Trotz meiner verkorksten Geburt bin ich ein ziemlich gut aussehender Bursche geworden, 184 Zentimeter, 80 Kilogramm, schlank, gerade gewachsen, blaue Augen und lange, gelbblonde Haare. War auch nicht auf den Mund gefallen.

Jedenfalls nach dem zweiten Bier bin ich stets voll eingestiegen. Egal ob Hamburg, Schweden oder England. Ich habe immer etwas „aufgerissen“. Geflirtet, getanzt, geknutscht wie ein Weltmeister. Der Neid meiner Schiffskameraden, besonders des dicken Gerd, brachte mich so richtig auf Tour. Solange die Mädchen damit zufrieden waren, war ich der King. Das änderte sich schlagartig, wenn die Braut mehr wollte. Da wurde aus dem King ein „Schisser“. Ich zog, im wahrsten Sinne des Wortes, den Schwanz ein und verschwand.

Aber auf eine andere Art wurde ich auf diesem Schiff zum Mann. Wie schon gesagt, ein Decksjunge hatte es nicht leicht an Bord. Er war der Prellbock, der Hackklotz der Mannschaft. Mir ging es da nicht anders. Auch ich bekam reichlich Haue. Mit Zorn, Wut und Tränen in den Augen wehrte ich mich meistens. Aber mit den Fäusten konnte ich gegen einen Matrosen nichts bestellen.

Ein cleverer Decksjunge hatte andere Möglichkeiten, es den Matrosen heimzuzahlen. Wie bereits erwähnt, waren die Matrosen für ihren Moses an Land verantwortlich. Seeleute eines anderen Schiffs durften ihm nichts tun. So wartete ich immer geduldig, bis meine Jungs schon angetrunken waren, dann ärgerte ich irgendeinen Matrosen eines anderen Schiffs so lange, bis der mich attackierte. Dann ging die Post ab. Es wurde meistens eine schöne Hauerei, bei der ich mich geschickt in Deckung hielt. Meine Matrosen, einschließlich Bootsmann, waren gute Fighter. Trotzdem gab es immer reichlich Blessuren. Damit ich auch groß dastand, habe ich mir in sicherer Deckung meine Knöchel an der Wand gerieben, als Zeichen dafür, dass ich ebenfalls gekämpft hatte.

Eines Tages stand ich an Deck und verkeilte mit dem Holzhammer die Luken, als mich wieder mal ein Matrose ungerechterweise anmachte. Kurz, ich stellte mich, mit dem Hammer in der Hand. Der Rest der Mannschaft sah es und von da an hatte ich Ruhe. Ich war anerkannt, auch ohne Sex, ein Mann.

ARBEIT UND SPAß

Die Arbeit war hart. Besonders auf einem Kümo und um diese Jahreszeit. Der Erste an Deck, Flagge hissen, aufbacken, nach dem Frühstück abräumen, achtern die Unterkünfte aufklaren und dann an Deck. Wehe, das dauerte zu lange, dann war der erste Tritt in den Hintern fällig oder irgendein Gegenstand traf mich da, wo es richtig wehtat. Beim Alten beschweren, das hab ich nur einmal gemacht, da gab's von dem gleich Nachschlag.

Wenn es nicht stürmte, mussten die Aufbauten gewaschen, Ladegeschirr, Winschen und Blöcke gewartet werden. Drähte gespleißt, außerdem Rost gestochen und geklopft, gemenningt und neu gestrichen werden. Selbstverständlich musste ich auch Wache gehen und lernen, u.a. das Schiff zu steuern und zu navigieren. Das machte mir am meisten Spaß, Deck waschen übrigens auch. Dabei wurden mit dem Decksschlauch die Gänge und die Aufbauten vom Salz der Spritzsee gereinigt. Einmal war ich wieder mit dem Schlauch unterwegs. Da sah ich, wie hinter der Nockverschanzung Rauch aufstieg. Ich wusste, dass mein dicker Freund Gerd Wache hatte und dieser Schleimer, dem Alten zuliebe, ebenfalls Pfeife rauchte. Also machte ich mit meinem Schlauch einen „versehentlichen" Schwenker. Ein voller, satter Strahl senkte sich über die Verschanzung in die Nock. Danach stellte ich das Wasser ab. Da ich keinen Ton von oben gehört hatte, ging ich „rein zufällig" nachschauen, ob auf der Brücke was zu tun wäre. Da stand er! In voller Größe! Mit nassen Klamotten bis zur Mütze, die erloschene Pfeife im Mund, der Alte! Leider, leider musste ich auch noch lachen. Ich weiß nicht, wie lange er die nasse Pfeife auf meinem Kopf ausgeklopft hatte. Irgendwann brach der Pfeifenkopf ab und ich hatte einige Tage Kopfweh.

Die schlimmste Arbeit war Löschen oder Ladeklar machen. Unser Kümo hatte drei Luken. Zwei auf dem Hauptdeck und eine im Versaufloch. Vor dem Einlaufen mussten die Luken geöffnet und vor dem Auslaufen geschlossen werden. Zu meiner Zeit gab es zwei Systeme zur Abdeckung der Ladeluken. Die großen, modernen Schiffe hatten das hydraulische „MacGregor-System", große Stahlpontons, die auf Rollen mit dem Ladekran aufgezogen und wieder geschlossen wurden. Alte Schiffe oder Kümos hatten das „McHand"-System, also noch echte Handarbeit. Eine Luke hatte drei Abdeckungen, bestehend aus bohlenartigen Brettern. Eine Bohle war drei Meter lang, 30 Zentimeter breit, fünf Zentimeter dick und 40 Kilogramm schwer, mit einer Griffmulde links und rechts. Pro Luke 72 Bohlen. Mit der kleinen Luke vorn insgesamt 192 Bohlen.

Das war eine Arbeit für vier Mann. Zwei Mann auf der Luke, die von der Mitte zum Rand abdeckten, die beiden anderen hoben die Bohlen von der Luke, stellten sie an Deck gegen die Verschanzung. Im Winter konnte es schon passieren, dass zwei Bohlen aneinander froren, sodass man eine abhob und die zweite mitriss. Dann musste man schnell zur Seite springen. Mir gelang das ganz gut, dem dicken Gerd einmal nicht. Die Bohle fiel auf seinen kalten Fuß. Sein Jaulen hätte dem Nebelhorn alle Ehre gemacht.

Wenn das Schiff an die Kaimauer kam, mussten die Leinen an Land, damit das Schiff festgemacht werden konnte. An Land waren dafür eigens bestellte Festmacher. Als Erstes musste die Wurfleine übergeworfen werden. Die Wurfleine war eine 30 Meter lange Leine, Wäscheleinenstärke, mit einem geflochtenen, runden Knoten vorne, in der Größe eines Tennisballs, knochenhart und circa 500 Gramm schwer. Mit Schmackes wurde dann ein Teil der Leine mit dem Knoten voran den Festmachern zugeworfen.

Die zogen dann die Leinen über und machten sie an Pollern fest. Wie war ich stolz, als der Bootsmann mir erlaubte, eine Wurfleine überzuwerfen. Drüben stand der Hafenagent, an seinen neuen Volvo gelehnt, und wartete bereits auf uns. Ich gab mein Bestes, ich setzte alles in diesen ersten Wurf. Der Knoten flog göttlich, die Leine wie ein Strich und ich traf. Voll und satt. Mitten in die Windschutzscheibe des neuen Volvos.

Meine Heuer war nicht schlecht. Ein Seemann hatte bereits im ersten Lehrjahr 160 Mark netto. Aber um im Hafen richtig einen draufzumachen, war das zu wenig. Also, jetzt kann ich damit an die Öffentlichkeit wegen Verjährung, schmuggelte ich. An Bord kostete, außerhalb der Siebenmeilenzone, eine Stange Zigaretten 4,50 Mark. In England und Schweden bekam ich dafür 20 Mark. Auch Whiskey gehörte zu meinem Angebot. Dabei ging ich mit viel Geschick und Raffinesse ans Werk und wurde nie erwischt. So konnte ich im Monat ungefähr 400 Mark auf den Kopf hauen. Als ich abmusterte, war ich zwar nicht traurig, habe aber den Weg auf meiner ersten Gangway zum Seemann nie bereut.

Auf diesem Kümo wurde ich ein echter Seemann, der viel gelernt und erlebt hat. Wichtig: der Zusammenhalt; dafür sorgt schon die Natur mit ihren Gewalten. Wenn es darauf ankam, war die Mannschaft ein Mann, egal ob man sich leiden konnte oder nicht. Ich hatte das Glück, dies gleich zu Beginn meiner Seemannszeit zu lernen. Gleich bei meiner ersten Fahrt auf diesem Kümo. Ich erwähnte schon die Sturmflutkatastrophe.

Wir liefen mit Kohle aus Kingsley aus und voll rein in die Scheiße. Der Kampf gegen den Sturm ging über viele Stunden und das Schiff hatte bereits über 40 Grad Schlagseite, als uns ein mutiges englisches Kriegsschiff an die Leine nahm und mit letzter Kraft nach Portsmouth schleppte.

Außerdem lernte ich, dass Wind mit Spritzsee im Winter, Spritzwasser bei schlechtem Wetter, gefährlicher sein kann als Windstärke 12 im Sommer. Wir hatten 20 Grad minus, als wir beladen von England aus nach Hamburg wollten.

Wir bekamen in der ersten Nacht jede Menge Spritzwasser an Bord, das bei dieser Temperatur sofort gefror. Das Eis war überall. An und auf den Luken, achtern und vorn an Deck, sogar an den Aufbauten. Auf dem schon Gefrorenen bildete sich sofort neues Eis. Das Schiff wurde um Tonnen schwerer und das Kümo sank immer tiefer ins Wasser. Kurz, wir hackten zwei Tage und Nächte Eis, sogar der Koch, mit nur halbstündigen Pausen, und schafften es mit dem höchsten Tiefgang in die rettende Themse zurück.

Aber davor war der Horror. Abgesehen davon, dass es arschkalt war, war es auch überall an Bord glatt. Nirgends konnte man sich richtig festhalten und das Schiff bewegte sich in unruhiger See. Die Gefahr, über Bord zu gehen, war groß, aber die Gefahr, dass die Gewichtszulastung des Eises das Kümo zum Sinken brachte, war größer. Die Kälte spürten wir bald nicht mehr, aber die Hände. Erst waren es Blasen, dann wurden Blutblasen daraus, die bald aufplatzten. Als wir uns in Sicherheit die Arbeitshandschuhe auszogen, waren sie voller Blut und die Haut der Handflächen klebte an der Innenseite der Handschuhe.

Einmal stießen wir im dichten Nebel vor Rotterdam mit einem anderen Kümo zusammen. Trotz Radar passiert so etwas. Ich war vorn auf der Back als Nebelwache. Die Suppe war so dick, dass ich nur noch das Krachen hörte. Zum Glück wurde ich durch die Kollisionswucht zwischen die Leinen geschleudert. So krachte der herunterstürzende Ladebaum neben mir an Deck. Beide Schiffe konnten mit eigener Kraft nach Rotterdam einlaufen. Das war meine letzte Fahrt auf dem Kümo.

Weihnachten war ich zu Hause. Der Alte ließ mich nur ungern gehen. Eigentlich wollte er mich gar nicht gehen lassen. Kündigen musste man 48 Stunden vor Einlaufen in einen deutschen Hafen. Was ich beim ersten Mal auch anständig tat. Ich hatte meine Plünnen schon gepackt. Auf der Elbe schickte mich der Kapitän in den Vorratsraum, um etwas zu holen. Als ich drin war, schloss er schnell hinter mir ab und ließ mich erst in der Ostsee wieder raus. So musste ich noch mal eine Schwedenfahrt mitmachen. Ein zweites Mal gelang ihm kein Trick mehr. Sein Versprechen hielt der Alte. Er machte mich vorzeitig zum Jungmann. Noch was: Der Bootsmann, der geile Hund, hatte einen Narren am Bild von Michelle gefressen. Ständig musste ich es ihm zeigen. Als es sicher war, dass ich von Bord ging, gab ich ihm ihre/seine Telefonnummer. Ich bin sicher, dass er sich verabredet hat. Ich hoffte, diesem Bootsmann nie wieder zu begegnen.

DER FISCHKUTTER

Wieder in Hamburg, machte ich meine erste große Reeperbahntour. Am nächsten Tag wollte ich mir dann ein Schiff, große Fahrt, suchen. Irgendwann landete ich im Altonaer Fischereihafen und knallte mir mit ein paar „kernigen Seeleuten" die Birne zu und wachte auf einer engen Bank in einer schmutzigen kleinen Messe auf. Ein penetranter Fischgeruch gab meine letzten Schiefen frei. Die „kernigen Seeleute" waren der Bootsmann und der Kapitän (Eigner) meines momentanen Aufenthaltsraumes. Ich hatte mit meinem Suffkopf einen Fangvertrag für vier Monate Fangzeit auf einem Fischkutter abgeschlossen.

Es waren die schlimmsten und härtesten vier Monate meines Lebens. Vier Monate im stürmischen Eismeer bis Windstärke 7. Fischen mit einer langen Leine, aneinandergebunden, Tag oder Nacht, wann immer das Sonar Fische ausmachte, auf einem kleinen Seitenfänger die Netze einholen, die Fische gleich ausnehmen und mit Eisbrocken im Laderaum überschaufeln. Nur unregelmäßig und wenige Stunden in voller Montur, in sogenannten Torpedorohren, schlafen, pfui Teufel, ich habe noch vier Wochen danach wie ein toter Fisch gestunken.

Es machte keinen Sinn, gegen diesen Vertragsabschluss zu protestieren. Die Fischkutterbesatzung war ein anderes Kaliber als meine Kümoleute. Ich dachte mir, dass vier Monate auf See besser wären als vier Monate im Krankenhaus. Dazu kam, dass ich mit Fangbeteiligung nach vier Monaten Minimum 2500 Mark auf die Hand bekommen sollte. Außerdem, was sind schon vier Monate. „AUF EINEM FISCHKUTTER IM ATLANTIK – DIE HÖLLE!"

Erstens war dieser Nachkriegskutter, 1. Weltkrieg, mit 750 BRT wesentlich kleiner als mein Kümo und der Atlantik mit seinen Tausenden von Quadratkilometern größer und wilder als Nord- und Ostsee zusammen.

Die Seekrankheit habe ich bereits bis zum Erbrechen beschrieben, deshalb nur so viel, es dauerte diesmal nur zwei Wochen und ich wurde danach nie wieder seekrank. Ich glaube, nein, ich bin fest davon überzeugt, die Atlantikfischerei auf einem kleinen Seitenfänger ist der härteste, schwerste und gefährlichste Beruf der Welt. Kein geregelter Schlaf, kein geregeltes Essen, keine geregelte Arbeitszeit, aber dafür knochenhart und stets lebensgefährlich. Bis Windstärke 6 wurde gefischt, weniger war es fast nie. Die Wellen brachen über den Kutter hinweg wie über einen Flaschenkorken. Nach einer Minute an Deck war man nass bis auf die Haut, das Ölzeug nur Staffage. Die Netze werden über uralte Winden und mit reiner Muskelkraft eingezogen. Stets auf Hochspannung und immer voll konzentriert. Nicht nur die ständige Angst, von einer Welle über Bord gespült zu werden, nein, auch an Deck lauert die Gefahr. Der Draht, der mit der Winsch das Netz einholte, konnte jederzeit brechen und einen Mann mittendurch schlagen.

Hatte man endlich den Barsch oder Kabeljau an Deck, ging es sofort an die Verarbeitung. Wir standen breitbeinig hintereinander. Ein Mann schnitt mit dem Fischmesser – ein Messer mit leicht nach vorn gekrümmter Schneide, schärfer als ein Teppichmesser, einmal unachtsam oder abgerutscht und man war durch, durch das Ölzeug bis auf die Knochen – den Fisch auf (circa 10 bis 15 Kilogramm Fische) und warf ihn durch die Beine dem Hintermann zu, der die Innereien – eine Schweinearbeit – herausholte und seinerseits dem Hintermann zum Einkorben zuwarf. Leider war ich gleich das erste Mal in der Mitte. Natürlich konnte ich die Geschwindigkeit nicht mithalten. Irgendwann drehte sich der Erste um und haute mir 15 Kilogramm frischen Fisch um die Ohren, während der unzufriedene Hintermann mir den Kumpel vom ersten Fisch in den Nacken schlug. Als ich mich mit den Innereien zur Wehr setzte, hätten die Männer mich beinahe über Bord geworfen. Um das zu verhindern, durfte ich mit einer Schaufel den schon eingekorbten Fisch mit Eis überschütten.

Aber die Müdigkeit war der größte Feind. Drei Tage ohne richtigen Schlaf und man machte Fehler. Als ich das erste Mal an der Leine außenbords hing, hatte ich das begriffen.

Ohne Gummistiefel und Ölzeug krochen wir in die „Torpedoröhren", um wenigstens mal eine Stunde zu schlafen. Just in diesem Moment dröhnte das verhasste „Fisch! Fisch! Fisch!" laut durch den kleinen Lautsprecher zu uns durch. Trotz totaler Müdigkeit musste alles schnell gehen. Ich sah zwar die Welle kommen, hatte aber keine Chance. Ohne die Vorsichtsmaßnahme, uns aneinanderzubinden, wäre ich im Meer verschwunden, mit Stiefel und Ölzeug. Nachdem mich die anderen unter schwersten Bedingungen wieder an Deck gezogen hatten, war ich trotz Müdigkeit putzmunter.

Und dann der Speiseplan. Was, denken Sie, hat es drei Mal am Tag gegeben? Richtig! Und zwar in allen denkbaren Variationen. Jetzt konnte ich meine Kümoleute verstehen, denen meine Eiergerichte auf den Keks gingen. Fisch ist ja gesund. Proteine und so, aber wenn man schon Schuppen auf der Haut bekommt und zwischen den Zehen Kiemen wachsen, sollte man über gesünderes Essen nachdenken. Als ich deshalb mal Zweifinger-Jan, er hatte an der rechten Hand nur noch Daumen und den kleinen Finger, fragte, ob er abwechslungshalber seine Finger gefressen habe, hatte ich zwar die Lacher auf meiner Seite, aber Zweifinger-Jan am Hals. Ich zog bei der Klopperei den Kürzeren, doch die Jungs waren nun meine Freunde. Und das war mir die Sache wert. Als wir nach vier Monaten in Altona einliefen, bekam ich fast dreitausend Mark. Ich kleidete mich neu ein, duschte ein paar Stunden und zog drei Nächte um die Häuser, mied dabei die Fischerkneipen und nahm keinen Kugelschreiber mehr in die Hand. Das Nächste, was ich nach dieser Gewalttour unterschrieb, war mein Vertrag für die große Fahrt auf einem 12.000 BRT Auto- und Getreideschiff nach Kanada – Große Seen – Chicago.

KANADA – GROSSE SEEN – CHICAGO – RATTEN – UND DIE LIEBE

Mit Volkswagen über den stürmischen Atlantik, vorbei an Neufundland, den St.-Lorenz-Strom hoch, durch die großen Seen nach Chicago und mit Getreide und jeder Menge Chicagoratten aus den Getreidesilos an Bord wieder zurück nach Hamburg. Die gesamte Fahrt von Chicago bis zur Lorenzmündung waren wir reichlich mit Rattenjagd beschäftigt. Sie waren überall. An Deck, in den Luken und dazwischen, in den Gängen, in der Messe, Kombüse, den Schlafkammern, sogar im Maschinenraum.

Am Anfang war das ganz leicht. Da waren sie noch vollgefressen, fast zahm. Aber dann, als sie damit begannen, sich gegenseitig aufzufressen, wurde es gefährlich. Die Letzte erwischten wir am Unterarm des Kochs. Er war so schlau, sie mit dem Besen unter seiner Bank töten zu wollen. Sie hatte sich so festgebissen, dass wir den Körper abschneiden mussten. Das war vielleicht ein Geschrei, hauptsächlich von unserem dicken Koch. Zunächst der Schock, dann die Angst, danach die Schmerzen. Der Dicke raste mit der Ratte am Arm durch die Gänge. Wir hatten Mühe, ihn einzufangen. Ich hätte es nie für möglich gehalten, dass ein so dicker Mann so schnell rennen kann. Es wäre leichter gewesen, die Ratte zu erwischen.

Als wir ihn schließlich hatten, konnten wir die Ratte nicht losbekommen. Der Dicke schrie wie am Spieß. Wir schrien, er solle das Maul halten. Man verstand sich ja überhaupt nicht mehr. Nur von der Ratte kam kein Ton, ihr schien es am Unterarm vom Koch zu gefallen. Es gab nur eine Möglichkeit. Der Bootsmann zog sein scharfes Decksmesser heraus. Der Koch sah das, schrie noch lauter und sauste wieder davon. Er dachte, wir wollten ihm den Arm amputieren. Wahrscheinlich hatte er zu viele Piratenfilme gesehen. Na ja, das Ende vom Lied: Wir fingen ihn wieder ein, hielten ihn fest, einer sogar den Mund zu und der Bootsmann schnitt den Rumpf der Ratte ab.

Der zweite Offizier band den Arm mit dem Rattenkopf ab. Mit einem Hubschrauber wurde der Dicke vom Fluss weg in ein Krankenhaus nach Quebec geflogen. Wir fuhren ohne ihn weiter. Nein, nein, nein! Ich musste nicht kochen.

Erstens hatten wir einen Kochgehilfen an Bord, zweitens war ich ja schon der Jungmann.

Ich denke, es ist wichtig zu erwähnen, dass ich, bevor ich auf Kieztour ging, wieder das Seemannsheim Stella Maris bezogen hatte. Natürlich habe ich mich vorher erkundigt, ob Michelle noch dort wohnte.

„Nein, die/der ist schon im Januar ausgezogen", bekam ich vom Portier zu hören, „gleich nachdem ein großer, brutal aussehender Seemann sie/ihn mit Rosen besuchte." Er konnte sich einfach nicht entscheiden, welchem Geschlecht er Michelle zuordnen sollte. Ich wartete nur darauf, dass er „es" oder „das" sagte. Bevor ich meinen Seesack in die Kammer brachte, schien er sich zu erinnern: „Hey, bist du nicht der Moses mit der Admiralsuniform?" „Arschloch!", dachte ich. „Na klar, ich erkenne dich! Also wenn du wieder hier einziehst, soll ich dir sagen, dass du ein Vollidiot bist." „Oberarschloch", dachte ich wieder. Also hatte Uwe, mein Kümobootsmann, Michelle doch besucht.

Der Zug um die Häuser war sehr exzessiv, aber wichtig. Ich wurde den Geschmack von Kochfisch, Bratfisch, Grillfisch, Brathering los. Sie glauben, ich übertreibe? Oh nein! Als ich nämlich am ersten Abend mit einer Seemannsbraut tanzte und knutschte, fragte sie mich, ob ich in einer Grillstation am Altonaer Fischmarkt arbeite!

Das Taxi brachte mich mittags in den Autoverladehafen. Ich war beeindruckt.

Vor mir lag mein erstes großes Schiff. Ein 12.000-BRT-Frachter. Ganz in Grün. Das Verladen der VWs war voll im Gange. Auf dem Weg über die

Gangway aufs Schiff wurde ich überhaupt nicht beachtet, kein Begrüßungskomitee. An Deck fragte ich einen, der aussah wie ein Seemann. Es war ein Matrose, der Deckswache hatte und das Verladen der Autos überwachen musste. Er rief einen anderen. Paule, ein Decksmann, endlich mal einer, der in der Hierarchie nach mir kam, zeigte mir meine Koje in seiner Kammer.

Paule wurde so etwas wie mein Freund auf dieser Fahrt. Danach musste ich erst zum Kapitän und im Anschluss zum ersten Offizier. Oh Wunder! Ich brauchte nicht gleich die Mannschaftsräume zu putzen. Er gab mir frei. Auslaufen um 22 Uhr. Meine erste Wache war die 0-Uhr-bis-4-Uhr-Wache, meine Lieblingswache. Jeder gelernte Seemann, ausgenommen der Bootsmann, musste Wache gehen. Die Wache bestand aus einem Offizier und zwei Mannschaftsleuten, bei Nebel und richtig Schlechtwetter sogar drei. Sie ging immer im Vierstunden-Rhythmus von 8 bis 12 Uhr, von 12 bis 16 Uhr, von 16 bis 20 Uhr, von 20 bis 0 Uhr. Jeder Seemann hatte also acht Stunden Wache, in der Freizeit am Tag konnte er zutörnen. Das war wichtig, denn wenn man nach harter Zeit auf See den Hafen genießen wollte, brauchte man Geld. Im Schnitt schaffte ich 240 Stunden im Monat. Klar, dass ich meine Freizeit nutzte und das Schiff besichtigte. Die Brücke, die Offiziers- und Gästekabinen waren mittschiffs. Mannschaftsmesse, Kombüse und Quartiere sowie der Maschinenraum waren achtern. Zu meiner großen Freude ging mich die Maschine nichts mehr an. Auf großen Frachtern gab es eine Maschinengang. Für spätere Episoden möchte ich an dieser Stelle erwähnen, dass zwischen Deck- und Maschinengang keine Freundschaft bestand.

Die Jungs aus der Maschine waren die „Bilgenratten“ und wir waren die „Rostkratzer“. Klar, dass die Messen getrennt waren, auch die Kabinen. Die „echten Seeleute“ wohnten steuerbord und die „Bilgenratten“ hausten backbord.

Außerdem, wie schön doch Seefahrt sein kann, hatten wir Stewards, das Feudelgeschwader. Die wohnten auch mittschiffs. Zufällig sah ich, wie der Koch und der Bäcker, ja, wir hatten auch einen Bäcker an Bord, den

Proviant übernahmen. Ich half ihnen und bekam vom Koch einen Apfel. Ich hatte einen Freund. An Deck stieß ich während meiner Besichtigung mit einem im verschmutzten Overall zusammen. Ich glaube, ich sagte „Blödmann“. Es war der dritte Offizier, mein Wachoffizier. Ich hatte einen Feind.

Wie gewohnt empfingen uns die Nordsee und der Atlantik ziemlich unfreundlich. Aber was für ein Unterschied zu meinen ersten beiden Schiffen! Zur Überraschung meines Wachoffiziers rauchte ich Pfeife, die hatte ich mir gleich nach dem Kümo gekauft. Die Überfahrt dauerte zwölf Tage. Kurz vor Neufundland wurde es ruhig, wie mein Baggersee in Forchheim. Es war wunderschön! Ab von der Fahrtroute trieben Eisberge. Zum ersten Mal sah ich Wale. Aber am meisten beeindruckte mich eine riesengroße, dunkle Flosse, die 180 Zentimeter hoch aus dem Wasser ragte. Ein Schwertwal, ein Orca, zog keine 100 Meter an uns vorbei.

Der St.-Lorenz-Strom verdient seinen Namen zu Recht. Der Fluss mit der stärksten Strömung, den ich je befahren hatte. Kein noch so kräftiger Schwimmer könnte jemals dagegen anschwimmen. Unser Frachter powerte uns mit seiner starken Maschine mühelos flussaufwärts, nach Kanada hinein. Erst auf Höhe der herrlichen Stadt Quebec mussten wir eine Zwangspause einlegen.

Übrigens, Quebec hätte zu meiner zweiten Heimat werden können. Bevor wir die VWs nach Chicago brachten, gingen wir im St.-Lorenz-Strom auf Höhe Quebec vor Reede.

Wir mussten zehn Tage warten, weil eine Schleuse nicht in Ordnung war, die Freiwache wurde im Vierstunden-Rhythmus an Land gebracht und wieder geholt. Gleich beim ersten Landgang lernte ich ein Mädchen kennen.

Nachdem die Anker gefallen waren – auf dem St.-Lorenz-Strom mussten wegen der starken Strömung beide auf Grund –, hatten wir, es war Samstag, bis auf die Wache frei. Ein Fährdienst mit Rettungsboot, mit Außenborder, wurde bereitgestellt. Im Vierstunden-Rhythmus konnten wir an Land und zurück an Bord. Paule, mein Kammerkollege, und ich waren auf dem ersten Boot dabei. Quebec ist eine traumhaft schöne Stadt. Im Stil der französischen Kolonialmacht. Die redeten auch französisch. An Land war alles promenadenmäßig angelegt. Paule und ich promenierten. Auf einer Bank saßen zwei Mädchen, die uns schon beobachtet hatten, als wir an Land kamen.

Eine war sehr hübsch, schlank, sportlich, mit rotbraunen Haaren. Sie lächelte mich an, ich lächelte zurück und sagte zu Paule: „Schade, dass ich kein Kanadisch kann!“ Wir gingen weiter und während ich darüber nachdachte, einfach wieder umzudrehen, hörte ich zu meiner Überraschung: „Gut, dass ich Deutsch spreche!“ So lernte ich Renate kennen, die Tochter eines deutschen Auswanderers, der als Mechaniker in Quebec hängen blieb und mit Ersatzteilhandel, hauptsächlich für VW, zum Millionär wurde. Alles ging wie im Eilzug. Noch am selben Tag drückten und knutschten wir uns. Renate hatte sich total in mich verliebt und ich mochte sie auch sehr. Sie brachte mich zum Fährboot. Mann, kam ich groß raus. Ein paar Stunden an Land und so ein Mädchen. Aber der Oberhammer kam erst am nächsten Tag.

Der dritte Offizier kam zu mir in die Kammer, schaute mich seltsam an und sagte: „Du hast Besuch, Junge!“ Da ich weder im Krankenhaus noch im Knast war, klang das sehr merkwürdig. Ich ging also an Deck und als ich außenbords zur Gangway blickte, traf mich fast der Schlag. Da lag eine kleine Motoryacht, an Bord stand Renate mit einem sympathischen Mann, ihrem Vater. Sie wollten mich abholen. Nun lernte ich die ganze Familie kennen, vor allem ihr Vater mochte mich. Das letzte Wochenende vor Reede bekam ich frei. Ihr Vater fuhr uns vier Stunden mit seinem Jeep mitten in die kanadische Wildnis, zu einem großen Blockhaus mit See, Boot und Bootssteg. Als ich in das Blockhaus kam, wurde ich fast (optisch) von einem riesigen Elchkopf, der drinnen hing, erschlagen. Ihr Vater lud uns ab, sagte, dass er morgen wiederkommt, um uns abzuholen, und fuhr einfach wieder weg. „Das gibt’s doch nicht!“ Ich dachte, ich träume. Sie war schon 17 und Jungfrau, ich war erst 16 und noch jungfräulich, und der lässt uns einfach einen Tag und eine Nacht mitten in der Wildnis allein. Es war ein toller Tag und eine tolle Nacht und als er uns wieder abholte war sie immer noch Jungfrau und ich immer noch jungfräulich.

Sie und ihre Familie, vor allem der Vater, wollten mich unbedingt nach Kanada haben. Er wollte mir sogar alle notwendigen Papiere besorgen, ich sollte in seinem Betrieb arbeiten. Aber ich bin zur See gegangen, um die Welt kennenzulernen, ich war erst am Anfang und, das war wohl ausschlaggebend, nicht verliebt. Wir schrieben uns noch eine Weile. Irgendwann habe ich dann aufgehört.

Nach der Zwangspause Quebec ging es weiter Richtung Chicago, durch die großen Seen. Da es geografisch bergauf ging, hatten wir diese lästige Schleusenfahrt. Stufe um Stufe. Jeder, der Chicago gefahren ist, kann sich eigentlich nur noch an eins erinnern, die Schleusenfahrten. Meistens musste man vor jeder Schleuse warten, das heißt festmachen.

Von Land kam niemand, der das besorgte, also mussten wir das selbst tun. Zu diesem Zweck war vorne an Deck ein Galgen befestigt. Ein gebogener Schwenkarm mit einem Block und einer Ablassleine. An einem Schäkel war ein Bootsmannstuhl, ein kleines Brett zum Draufsitzen. Der Jüngste an Bord setzte sich drauf und wurde von einem Kollegen abgelassen. Auf der Pier musste er die Festmacherleine annehmen und über einen Poller hängen, anschließend nach achtern rennen und dort fest machen. Ich saß auf dem Bootsmannstuhl und der Leichtmatrose schwenkte mich raus. Volle Kanne gegen eine Pierlampe. Ich hielt mich an der gebogenen Lampe fest und wurde zwölf Meter über die Pier durch die Vorwärtsbewegung des Schiffes vom Bootsmannstuhl gezogen. Wie ein Affe musste ich mich zum Lampenmast hangeln und daran herunterrutschen. Noch während ich festmachte, hörte ich den Leichtmatrosen laut lachen. Als ich wieder an Bord kam, stellte er fest, dass einem mit einem blauen Auge das Lachen vergeht.

Nachdem wir in Chicago die Autos ausgeladen hatten, ging es in den Getreidehafen. So etwas von Ratten hatte ich nie zuvor und nie danach wieder erlebt. Es war eine Plage. Aber es schien keine Sau zu interessieren. Die Anwesenheit von Menschen tangierte die Ratten genauso wenig. Sie waren vollgefressen und zahm, wie die Tauben auf dem Petersplatz. Wir hatten Rattenbleche an den Leinen angebracht und die Gangway mit einer Klappe zugemacht. Als wir abends an Land in die Stadt wollten, mussten wir die Ratten mit dem Decksschlauch von der Gangway spülen. Außerdem kam kein Taxi in den Hafen. Sie hatten keinen Bock, ihre Autos hinterher von der Sauerei der platt gefahrenen Ratten zu reinigen. Nachdem die Ratten von der Gangway gespült waren, ging ich von Bord. Ich hatte mich mit einem farbigen Lukenfiez angefreundet.

Es war noch eine Zeit, wo es keine gemischte Gang gab. Die Arbeiter unter Deck waren entweder weiß oder schwarz. Unsere waren schwarz. Jedenfalls hatte ich mich mit dem Vorarbeiter angefreundet und er bot sich an, mich in eine gute Bar mitzunehmen. Wir fuhren mit seinem Auto. Vor der Bar sagte er plötzlich: „Oh, I forgot my money in the car. Get in, meanwhile.“ Okay, dachte ich und betrat die Bar. Sie war voll. Voller farbiger Gäste in guter Stimmung. Als ich reinkam, trat eine plötzliche Stille ein, es war, als hätte jemand einen Hebel umgelegt. Die Situation war äußerst seltsam, beunruhigend. Ich lächelte in die Runde und sagte: „Hallo!“ Zwei richtige Brocken kamen auf mich zu.

„What about this white bread, here?“ Jetzt wurde mir mulmig. In dem Moment stand mein neuer Freund hinter mir. „It's o.k., a friend, a young sailor from Germany.“ Der Mann wollte mir etwas demonstrieren und ich hatte es begriffen. Danach wurde es richtig lustig. Einige waren als Soldaten in Deutschland stationiert. Und noch etwas: Ich hielt zum ersten Mal eine farbige Frau in meinen Armen.

Nachdem also die letzte Ratte mit dem Koch von Bord gegangen war, genoss ich noch einmal die Eisberge vor Neufundland, die Spritzfontänen der Wale, das Riesenschwert des Orcas, wohl wissend, zum letzten Mal.

Der Seemannsberuf lag mir. Obwohl ich oft Scheiß baute und kaum ein Fettnäpfchen ausließ, konnte ich durch meine Leistung die maßgeblichen Leute an Bord überzeugen. Auf der Elbe, kurz vor dem Einlaufen in Hamburg, ich hatte termingerecht gekündigt, ließ mich der Kapitän in der Offiziersmesse antanzen und teilte mir mit, dass er mein Abmustern sehr bedaure. Mein Kündigungsgrund war Rattenallergie. Dann reichte er mir offen das Seefahrtsbuch. Darin stand ein neuer Eintrag. Abgemustert von der MS A.T. als Leichtmatrose!

Jetzt komme ich zu einem Kapitel, bei dem ich lange überlegt habe, ob ich es schreiben soll, kam auch hier zu dem Entschluss, dass es einfach dazugehört. Das Leben des Seemanns wird nun mal von seiner Arbeit an Bord bestimmt, aber auch von den Tagen und Nächten an Land, dem Vergnügen. Jede Fahrt über die Meere war mit harter Arbeit und Gefahr verbunden und dementsprechend lebte man die kurzen Aufenthalte an Land aus. Dazu gehörten auch Menschen, die unter ihrem eigenen Regenbogen lebten. Menschen mit einer ganz normalen Vergangenheit, denen auf ihrer Lebensschiene irgendwann das Gleis in eine andere Richtung gestellt wurde, die aber damit lebten und ihr Schicksal annahmen, so wie es kam. Stellvertretend für alle skurrilen, extravaganten Originale (sogenannte Außenseiter) vier Menschen dieses Genres, vier aus Hamburg. Keiner von diesen vier „Menschen" soll abwertend beschrieben werden, da ich sie auch als junger Mensch nicht abwertete.

DIE KNOCHENWALLY:
Zum ersten Mal begegnete ich ihr in der „Ritze", einer Seemannskneipe auf dem Kiez. Sie hatte keinen Zahn mehr im Mund und war nie nüchtern. Das Alter war undefinierbar zwischen 40 und 70. Das Markanteste an ihr war ihre Brille. So dick wie das Panzerglas eines Juwelierladens. Sie trank nur Schiefe. Zum ersten Mal erlebte ich sie während meiner Kieztour nach dem Fischkutter. Als ich sie in die Kneipe kommen sah, erschrak ich erst mal. Doch die älteren Seeleute begrüßten sie mit großem „Hallo". Nachdem sie die ersten Schiefen getrunken hatte, holte sie einen polierten Oberschenkelknochen aus ihrer Häkeltasche – keine Ahnung, von welchem Tier dieser Knochen stammte. Sie behauptete, es sei

der Oberschenkelknochen ihres Mannes, und machte damit, was die einen sehen oder die anderen nicht sehen wollten. Ich gehörte zu den „anderen", konnte mich aber der Faszination des Geschehens nicht entziehen.

GEBISS-EDY:
Circa 50, früher mal ein Boxer, erfolglos, wurde er am Hamburger Rummelplatz Showboxer, dann Rausschmeißer einer Stripperbar. Irgendwann wurde er von einem Zuhälter so zusammengeschlagen, dass er nicht nur seine Zähne, sondern auch einige Gehirnzellen verlor. Nun zog er durch die Hafenkneipen und ließ irgendeinem Seemann sein Gebiss ins Glas fallen, sagte dann „Entschuldigung", holte seine Zähne aus dem Glas, setzte sie ins Maul und trank das Bier hinterher. Den habe ich nach meinem Kanada-Chicago-Trip erlebt. Als ich ihm ein Bier ausgeben wollte, konnte ich in letzter Sekunde einem Faustschlag entgehen. Der Kneipenwirt erklärte mir: „Junge, der will das nicht. Die Provokation ist sein Kick. Die Zähne kann man ihm wohl nicht mehr ausschlagen, oder?"

HOLZBEIN:
Ein ehemaliger Seemann, Matrose , circa 60, als auf seinem Schiff der Anker fiel, stand er auf der Back zu nahe am Kettenkasten, ein Schäkel hat ihm den Unterschenkel abgeschlagen. Sein Tick war, er kam in die Kneipe, schnallte sein Holzbein ab, knallte es auf die Theke und forderte zur Versteigerung auf. Mindestgebot ein Heiermann. Waren exakt 20 Mark erreicht, nahm er das Geld, das Holzbein von der Theke, schnallte sich sein Holzbein an und sagte zu dem Meistbietenden: „So, Alter, das Bein gehört dir, ich leih es aus für 5 Mark die Woche." Damit gab er dem Typ 5 Mark, steckte 15 Mark ein und ging.

DIE CALLAS:
Auch hier keine exakte Altersangabe, aber irgendwo im 50er-Bereich. Die war echt ein Original. Sie kam nicht in die Kneipe. Sie „trat auf". Mit einem schon ziemlich ramponierten Kleid (Barock oder so ähnlich) aus einem Theaterfundus, schrecklich grell geschminkt, bemüht, theatralisch aufzutreten, fing sie an zu singen.

Warhol hätte die Szene nicht besser bringen können. Sie sang bekannte Opern in einem Fantasie-Italienisch und so falsch, dass es jeder Sau gegraust hätte, aber das mit voller Inbrunst und Überzeugung. Als Bezahlung wollte sie Sekt. Sie lernte ich kennen, da war ich schon Leichtmatrose. Ich spendierte ihr ein Piccolo und gab ihr einen Kuss auf die Wange. Zum Dank wurde ich sie nicht mehr los. Oh Gott, sie sang nur noch für mich und versprach mir, mich zum Opernsänger auszubilden.

Diese Typen gehörten einfach dazu. Sie fühlten sich nicht minderwertig, eher wie Künstler, und die Kneipen waren ihre Bühnen.

Sie waren geschützt. Wehe, ein unwissender ausländischer Seemann hat sie über Gebühr (Respekt) verarscht. Der bekam gewaltig etwas auf die Glocke.

GROSSE FAHRT – OSTASIEN

Amerika, Kanada, Ostasien, Südsee, Karibik. Die Welt lernte mich endlich kennen. Die harte Arbeit auf dem Kümo, dem Fischkutter und dem Auto-/ Getreideschiff hatten meine Muskeln gestärkt. Ich war größer und kräftiger geworden und vor allen Dingen Leichtmatrose, als ich auf meinem zweiten richtigen 10.000-BRT-Dampfer anheuerte. Japan! Tokio! Ein Traum erfüllte sich in jeder Beziehung.

Ich stieg in Rotterdam ein. Es war ein ziemlich neuer Stückgutfrachter. Er transportierte unterschiedliche Ladung nach Japan, z.B. Transistorradios, Angeln und Schuhe aus Italien. Es war irgendwie komisch, plötzlich hatte jeder von der Besatzung ein Radio in der Kabine. Ich war auch nicht schlecht überrascht, als vor Tokio auf Reede bis hin zum Alten ein Wettangeln stattfand. Nur mit den Schuhen ging es in die Hose. Die hinterhältigen Auftraggeber mussten, aus Erfahrung gelernt, die Schuhe nach einem nur ihnen und dem Empfänger bekannten System sortiert haben. Jedenfalls hatten wir alle nur rechte oder linke Latschen erwischt.

Von Rotterdam bis Tokio waren wir sechs Wochen unterwegs. Es ging durch den Atlantischen Ozean nach Dakar über Kap Verde bis Kapstadt. Meine erste Fahrt über den Äquator. Auf der Hinfahrt fiel die Äquatortaufe aus. Allein von Dakar bis Kapstadt waren wir fast zwei Wochen auf See. Die ganze Zeit mit Windstärke 9 von vorne.

Zwei Wochen ständiges Stampfen und Brechen durch die haushohen Wellen. 24 Stunden rund um die Uhr. Nach einer Woche lagen die Nerven blank. Man stelle sich das vor. 14 Tage lang keine normale Bewegung mehr an Bord. Essen aus der Tasse. Auf dem Klo konnte es einem passieren, dass die Scheiße aus der Schüssel zurückkam und auf dem Rücken landete. Selbst beim Pissen musste man in Intervallen strahlen. Viele Männer treffen nicht mal ihre eigene Schüssel zu Hause. Selbst das Duschen wurde zur potenziellen Gefahr. Es gab keine Party mehr an Bord. Das Arbeiten an Deck war natürlich auch unmöglich. Wir gingen stur unsere Wache. Wie gesagt, die Nerven lagen blank. 7:30 Uhr, wir saßen alle beim Frühstück, d.h., wir versuchten zu frühstücken. Versuchen Sie das mal, wenn Sie sich ständig mit beiden Beinen abstützen und mit einer Hand am Tisch festhalten müssen. Ein Steward kam in die Messe und sagte: „Guten Morgen." Irgendeiner warf die Butter nach ihm, traf aber wegen der Schaukelei einen anderen vor die Brust. Schon war die Schlägerei im Gange. Und das bei Stärke 9. Es war ein groteskes Bild. Wie eine Szene aus einem Dick-und-Doof-Film.

Drei wollten sich prügeln, drei andere wollten sie trennen. Ein lächerliches Durcheinander- und Übereinanderfallen. Ich glaube nicht mal, dass irgendeiner irgendeinen getroffen hatte. Die Blessuren waren eine Folge der unkontrollierten Stürze. Auf diese „Schlägerei" haben wir nachträglich kräftig in Kapstadt angestoßen.

Vor Tokio mussten wir einen Tag ankern. Da fand, wie bereits erwähnt, der Angelwettbewerb statt. Abends bereitete der Koch die exotischen Fische zu. Ich habe meine Portion großzügig zur freien Verfügung gestellt.

Als die Matrosen mitbekamen, dass ich mit gerade 16 noch „Jungfrau" war, nahmen sie mich mit in ein Edelbordell, suchten mir eine „Geisha" aus, schon über 30, aber ein Traum, bezahlten für mich und ... welch Wunder, sie wollten nicht zusehen.

Dieses herrliche weibliche Wesen führte mich in ein richtiges Appartement, mit in den Boden eingelassenem Sitzbad. Sie zog mich aus und während sie mich mit einer wohlriechenden Flüssigkeit einrieb, lief Wasser in das Becken. Als genügend drin war, bedeutete sie mir reinzusteigen. Von ihr sehr angetan, stieg ich voller Vertrauen hinein. So schnell und so laut habe ich niemals zuvor und nie danach ein Wasserbecken verlassen.

Jetzt wusste ich, wie sich Krebse fühlen. Meine Geisha kriegte sich nicht mehr ein vor Lachen und mit viel Geduld und ganz, ganz langsam schaffte sie mich in das Becken mit dem nudelheißen Wasser zurück und wusch mich von oben bis unten – sehr sorgfältig.

Ich war vorher schon sauber, aber danach – war ich gar nicht mehr da. Es fehlte nur noch Pudern und Wickeln. Anschließend musste, nein durfte ich das Gleiche mit ihr machen. Was dann kam, war meine schönste Nacht.

Ich war wirklich verliebt. Nein! Ich war total bekloppt. Mein erstes Mal und dann das volle Programm. Allein diese gekonnte Massage. Ich hatte keine Chance. Schon während der Ganzkörpermassage bekam ich meinen ersten Orgasmus. Bis dato hatte ich ja keine Ahnung, was es in Sachen Sex alles gibt. Nie wieder wollte ich diese Frau verlassen. Meine Matrosen holten mich einen Tag vor Auslaufen mit Gewalt an Bord. Mit einem gewissen Stolz kann ich behaupten, dass ich meiner „Geisha", obwohl sie ein Profi war, auch nicht ganz gleichgültig war. Sie kam mir zu unseren zwei anderen Löschhäfen Hamamatsu und Kochi nachgereist. Ich habe lange unter Liebeskummer gelitten, fast die ganze Heimreise nach dem Ladehafen Shanghai bis nach Hause.

Die Rückfahrt war dann richtig gemütlich. Kaum Wind. Dabei überquerten wir zum dritten Mal, dieses Mal im Indischen Ozean zum letzten Stopp Madagaskar, den Äquator.

Und da war sie fällig: die Äquatortaufe. Mit mir waren wir vier Täuflinge. Auf einem Passagierschiff mag das ja für alle Beteiligten eine schöne, lustige Angelegenheit sein. Aber auf einem Frachter! Du heilige Scheiße! Das war knüppelharte Folter. Vorher hatte man uns erzählt, es gab zu diesem Thema viele schaurige Geschichten, dass es in den Anfängen der Handelsschifffahrt Tote gegeben hatte. Nach diesem Tag glaubte ich das. Es sind mehrere Folterstationen zu durchlaufen. Die Täufer, natürlich alte Äquatorhasen, waren der dritte Offizier, der Bootsmann und Matrosen. Die Regel war einfach. Es gab keine. Man konnte sich lediglich die Tortur etwas erleichtern. Jeder Täufer fragte den Delinquenten vor der Taufstation: „Wieviel Bier zahlst du?" Je mehr man bereit war auszugeben, desto „freundlicher“ war die Behandlung. Je geiziger, umso härter die Taufe. Ich weiß, es klingt angeberisch, aber es ist die Wahrheit. Ich habe am wenigsten bezahlt. Konnte aber an der darauf folgenden Party nicht teilnehmen. Um ehrlich zu sein, habe ich auch an den nächsten drei Partys nicht teilgenommen.

Erstens der Friseur, der Bootsmann: Man wurde auf einen Hocker gesetzt und festgehalten. In einem kleinen Fass war ein stinkender grauer Schaum angerührt. Keine Ahnung, aus welchen Zutaten. Wollte ich auch gar nicht wissen. Es roch stark nach faulen Eiern. Der Friseur steckte einen Decksbesen in die Schaummasse und verteilte die Stinkmasse auf dem ganzen Kopf. Danach wurde der Mist mit dem „Rasiermesser“, einem schmalen Holzbrett, runtergeschlagen. Dann kam die berühmte Frage: „Wieviel Bier?“ Danach wurde die „Rasur“ so lange wiederholt, bis der Friseur zufrieden war oder die vorgegebene Zeit, zwischen fünf und zehn Minuten, vorbei war.

Die nächste Station war Poseidon, die eigentliche Taufe. Der dritte Offizier mit Helfern. Man musste durch einen fünf Meter langen Windsack kriechen, mit einem Meter Durchmesser. Sobald man in der Mitte war, wurden beide Enden angehoben und von hinten und vorn wurde unter sehr starkem Wasserdruck Meerwasser reingespritzt. Da die Luftsäcke wasserdicht waren, bekam man richtig Probleme. Ich glaube, ich habe den halben Indischen Ozean ausgesoffen.

Nach bestandener Taufe erhielt man seinen Namen. Meiner war „Miesmuschel“. Wahrscheinlich, weil ich nach der Zwangstrennung von meiner Geisha nur noch mit hängenden Backen herumlief.

Auf Madagaskar verloren wir einen Kameraden. Es war ein junger Matrose aus Langeoog. Wir hatten eine kleine Zuladung für Hamburg und sollten am nächsten Morgen auslaufen. Jan und ich hatten Freiwache und gingen mit ein paar anderen an Land und zogen durch die Puffs.

Ich beschränkte mich, weil noch frisch verliebt, aufs Saufen. Jan war einmal auf einem Zimmer, danach half er mir beim Alkoholvernichten.

Zwei Stunden vor Auslaufen, so gegen 4 Uhr, ließen wir uns von einem Taxi zum Schiff fahren. Ich war schon an Deck, als Jan die Idee hatte, von der Gangway ins Wasser zu pissen, dabei verlor er das Gleichgewicht und fiel über die Netzbrook zwischen Kaimauer und Schiff. Jan wurde vom Frachter gegen die Kaimauer gequetscht. Wir liefen einen Tag später aus. Ohne Jan.

Nach Madagaskar gab es keine Party mehr. In Hamburg verabschiedeten wir uns kurz und stumm. Ich fuhr nach Hause zu meinem Vater und blieb drei Wochen.

Ich hatte mir fest vorgenommen, bald wieder Ostasien zu fahren, doch es hat nicht mehr sollen sein!

DER TOD UND DIE UNFÄLLE

Ja, mit dem wurde ich auch konfrontiert. Er haute einige Kerben in meine Träume. An ein Absaufen des Schiffes denkt kein Seemann. Jedenfalls gibt er es nicht zu.

Es sind mehr die Unfälle, die vermieden werden könnten, und die passieren selten auf See und meistens ist es der Alkohol, der daran schuld ist. Wie gesagt, es passiert meistens im Hafen. Auf See kenne ich nur zwei Fälle.

Er hieß Paule, war Matrose. Auch wenn wir feierten, hatten wir eine „Sauf-Disziplin". Jeder hatte mal einen Absturz frei, aber die Wache und die Arbeit an Deck hatten oberste Priorität. Sollte dies einmal einer versaufbeuteln, sprang ein anderer für ihn ein. Der Kollege wurde dann kurzerhand „krank gemeldet". Aber wie gesagt, diesen Freischein gab 's nur einmal. Paule hatte seinen schon weg. Wir, die Freiwache, saßen mit dem Bootsmann und Timmy zusammen, hörten Harry Belafonte und genossen unsere Becks, als Paule, schon zu wie eine Hacke, reinkam. „Habt ihr noch ne Buddel über?". „Geh kalt duschen, alter Saufsack!", fuhr ihn der Bootsmann an. „Hast in einer Stunde Wache!" Paule zuckte nur die Achseln. „Ok, besorg ich mir halt was an Land". Als der Wachoffizier nach einer Stunde nach ihm fragte, haben wir das ganze Schiff abgesucht. Vergeblich. Paule war an Land gegangen.

Der zweite Fall – Episode „Trampschiff": Seefahrt, Wind, Wetter, Arbeit, Gefahr sollen angeblich auch die Seele, die Gefühle abhärten. Bei mir hat das nicht funktioniert. Die meisten Unfälle sind Gliederverluste, Finger, ja sogar Hände und Beine. Man muss mit Drähten, Blöcken, Winden arbeiten und immer höllisch aufpassen. Manchmal bricht eine Leine oder ein Draht. Beim Festmachen des Schiffes vorn oder achtern oder auch beim Arbeiten an Deck. Dann fegen die gebrochenen Enden wie Sensen über Deck. Wer da in der Nähe steht, verliert Gliedmaßen oder im schlimmsten Fall sein Leben.

Mit einem alten, erfahrenen Matrosen stand ich beim Festmachen backbord an Deck. Es war ein „ESSO-Kümo". Wir waren beladen, lagen tief. Außerdem war Tide. Wir standen uns gegenüber und sprachen miteinander. Der Matrose hatte seine Hand auf der Verschanzung. Das Schiff kam an die Mauer und scheuerte. Ich sah, wie der Matrose bleich wurde, unser Tanker wurde abgedrückt, der Matrose hob seine Hand an, der Handschuh kippte mit den Fingern hintüber. Ohne einen Laut fiel mein Kollege um. Er hatte sich alle Finger zwischen Verschanzung und Kaimauer abgequetscht.

Ein anderer wurde vom Drahtseil auf das Ankerspill gewickelt.

TRAMPSCHIFF – WILDE FAHRTWINDSTÄRKE 13 – DAS SCHIFF SINKT – ALLE MANN VON BORD

Auf meinem letzten Schiff hatten die älteren Seeleute viel vom Trampschiff „Wilde Fahrt“ erzählt. Ein Trampschiff ist meistens ein alter Dampfer, ein Stückgutschiff ohne vorherbestimmte Ladung und Zielhäfen. Die Fahrt konnte überall hingehen. Die Order kam meistens vom Agenten über Funk, das Schiff fährt hin, holt Ladung. Also von A nach B. Man wusste vorher nie, was A oder B war. Also eine spannende, abenteuerliche Angelegenheit.

Es konnte ohne Weiteres passieren, dass man neun Monate oder gar ein Jahr unterwegs war, ohne einen deutschen Hafen anzulaufen. Die Besatzung bestand auch meistens aus Abenteurern, den „Piraten“ unter den Seefahrern, dem harten Kern sozusagen. Das interessierte mich. Der Berater vom Amt riet mir davon ab, doch das machte mich noch neugieriger. So musterte ich auf der MS L. an. Ich musterte in Bremen an. Es war gegen Mittag und ich kam gerade rechtzeitig zum Seeklarmachen. Es war tatsächlich ein alter Dampfer. Ein Nachkriegsschiff. 8.000 BRT. Mit veraltetem Schwergutgeschirr und, wie sollte es anders sein, die Lukenabdeckung war „McHand“. Es stand auch schlecht in Farbe, man sah sofort, dass hier schon lange kein Rost mehr gestochen wurde. Ich war nicht der einzige Neue. Um die Wahrheit zu sagen, waren bis auf die Offiziersloge alle neu. Ein Bootsmann, ein Zimmermann, drei Matrosen, noch ein anderer Leichtmatrose und zwei Decksarbeiter.

Zwei der Matrosen waren Portugiesen, sprachen passabel Deutsch. Ein wilder Haufen. Alles in allem, was landläufig ein Seelenverkäufer genannt wird. Es ging auch gleich gut los. Die Luken waren schon abgedeckt, es musste nur noch das Ladegeschirr vertäut werden, d.h., die Ladebäume mussten mithilfe der Winsch runtergelassen und in den Halterungen gesichert werden. Ein Matrose stand an der Winsch und drückte den Ablasshebel nach vorn und als ob es in der Winsch einen

Leerlauf gäbe, sauste der Ladebaum nach unten. Wir anderen, die auf der Luke standen, konnten in letzter Sekunde auf die Seite springen. Der Baum krachte mit dem Block auf die Luke und durchschlug die Persenning und zwei Bohlen. Während das Schiff auslief, behoben wir den Schaden. „Prost Mahlzeit!", das konnte ja noch heiter werden. Wenigstens ein Gutes – ich bekam meine geliebte Wache von 0 Uhr bis 4 Uhr. Die Quartiere waren zwar total veraltet, aber in Ordnung. Doch die Spuren vieler vorausgegangener Partys, auf dem Boden, den Wänden, dem Inventar, waren deutlich sichtbar. Mein Kabinengenosse war der andere Leichtmatrose.

Die erste Order war Jamaika, Kingston Town. Wie nicht anders zu erwarten, begrüßte uns der Atlantik auf seine Art. Ich fühlte mich wieder wie auf meinem Kümo. Der Gedanke an die Karibik tröstete mich.

Als es im Atlantik freundlicher wurde, feierten wir unsere erste Kennenlernparty bei Heinz, dem Matrosen, der den Ladebaum fallen gelassen hatte. Er hatte was gutzumachen. Die Party ging ca. 12 Stunden, die Wachen und Freiwachen pendelten zwischen Brücke und Heinz' Kammer hin und her.

Der Decksmann, der mit Heinz zusammenwohnte, hatte die Arschkarte. Er vertrug nicht viel und wollte irgendwann seine Ruhe. Er ging uns mit seiner Nörgelei ziemlich auf den Sack. Irgendwann bekam er eine aufs Maul und wir konnten unter den Klängen von Harry Belafonte zu Ende feiern. Danach sah es bei Heinz aus wie bei Hempels unterm Sofa.

Wir hatten schon Jamaika in Sicht, da kam die Order Mexiko, Tampico. Typisch wilde Fahrt. Es sollte nicht das letzte Mal sein. Es ist schon ein Phänomen. Man kann Land riechen. Jeder Kontinent hat seinen eigenen Geruch. So wie Afrika, Ostasien hatte auch die Karibik/Mittelamerika seine eigene Duftnote. Lange bevor man Land sieht, riecht man es. Außerdem wird man von exotischen Pflanzen, die auf dem Meer treiben, begrüßt. Das Karibische Meer war schon bei blauem Himmel und strahlender Sonne schön ruhig, aber im Golf von Mexiko war die See glatt wie ein Spiegel. Es war ein Traum, wunderschön, nachts zwischen 0 Uhr und

4 Uhr in der Nock zu stehen und in das herrliche, phosphoreszierende Fahrwasser des Schiffes zu sehen. Auch die verspielten Delfine, diese lustigen Gesellen, die das Schiff stundenlang begleiteten. Um 19 Uhr liefen wir in Tampico ein. 19:30 Uhr war das Schiff fest. Es war noch nicht 20 Uhr, als wir an Land gingen.

Die Jungs beschlossen in das nächste „Casa Verde" zu ziehen. In Süd- und Mittelamerika heißen alle Puffs „Casa Verde". Ich dagegen wollte mir erstmal eine echte Grundlage einverleiben. Aus den Erzählungen der Karibikfahrer wusste ich, dass der Aufenthalt im Puff immer mit reichlich Alkoholkonsum verbunden war. Standardgetränk: Cuba libre.

Zum besseren Verständnis möchte ich die Casas Verdes und die Mädels, die Prostituierten, beschreiben. Zunächst das Ambiente. Seltsamerweise sind die alle irgendwie gleich. Warst du in einem, kennst du alle. Die einen etwas luxuriöser, die anderen etwas einfacher gestrickt. Von außen unscheinbar als Bar deklariert. Durch die offene Tür wird man von südamerikanischen Klängen angelockt. Ein Seemann erkannte den Puff sofort. Im Inneren eine große Bar, an der die Mädchen saßen, einfache Tische und Stühle und eine Musikbox. Diese Bordelle hatten überhaupt nichts mit den europäischen gemein. Nicht vergleichbar. Eine reine Kneipenatmosphäre mit hübschen Mädchen. Eine hübscher als die andere. Es ging entweder eine Treppe nach oben oder über einen Hof in die Zimmer der Mädchen, die dort auch wohnten. Sehr einfach, aber mit individuellem Charakter.

Man kam rein – Seeleute meistens als Gruppe, mindestens aber zu zweit, das machte mehr Spaß, es kam mehr Stimmung auf –, setzte sich erst mal an einen Tisch und bestellte das Seemannsstandardpaket. Eine Flasche Cola, eine Flasche weißen Rum und einen Eimer Eis. Der Rum war billig, 1 Dollar, die Cola 2 Dollar, das Eis umsonst. Die Getränke waren bewusst billig, der Seemann sollte seine Kohle verbumsen und nicht versaufen.

Während die Seeleute sich in Stimmung soffen, wurden sie von den Mädels an der Bar genau gemustert. Sie tuschelten und kicherten wie Kinder, dann kamen sie. Womit wir bei den Frauen sind. Auch die hatten überhaupt nichts, ausgenommen die Tätigkeit, mit Europa oder den Großstädten der Welt gemein. Nicht nur dass sie ausnahmslos hübsch bis schön waren, hatten sie dieses besondere, absolut natürliche Flair. Eins war aber, damals, ganz bezeichnend. Für diese Mädels war Sympathie 75 Prozent des Geschäfts, d.h. ein Stinkstiefel konnte mit Dollars um sich werfen, zu ihm kam keine, der musste schon in die Slums gehen. War man sympathisch, sah gut aus, jung, groß, blond mit blauen Augen, so wie ich, war man favorisiert, der King. Egal wie das klingt, es war nun mal so! Normal kostete ein „short-time“ fünf Dollar, eine „Nachtschicht“ zwanzig Dollar. Es ging auch nicht sofort auf die Zimmer. Es wurde getanzt, getrunken, geknutscht. Irgendwann verschwand einer nach dem anderen. Es wurde sowieso meistens das ganze Programm gewählt.

Die Mädchen waren in ihrer Natürlichkeit sehr direkt. Sie langten in den Schritt: „Oh bo dios! Grande pistola! Gut ficki ficki!“ Ich hatte nix grande pistola, ich war ein ganz normaler junger Mann, aber das machte nichts. Es war ein Standardspruch in allen Casas Verdes. Eins hatte ich bald raus. Wenn ich knapp bei Kasse war und auf meine Cuba libres nicht verzichten wollte, sagte ich stets „No platas“, feierte weiter und wartete. Irgendwann später am Abend kam das Mädchen wieder und nahm mich mit. „Baby para ti.“ Das passierte öfters. Sie wollten tatsächlich ein Baby. Sie dachten, ein blondes Kind mit blauen Augen zu bekommen. Tatsächlich habe ich öfters blonde, braunhäutige Kinder gesehen.

Nun zurück zu meiner Grundlage. Ich marschierte durch den Hafen, an den lauten Verlockungen vorbei in die Stadt. Tampico ist eine alte Stadt, spanischer Stil. Über einen Platz mit Kirche steuerte ich direkt auf eine einheimische Bodega zu. Als ich reinkam, war ich sehr überrascht. Das Innere hatte etwas von einer Filmkulisse aus Wildwestfilmen. An den einfachen Holztischen saßen hauptsächlich Männer (Fischer), tranken und spielten. Die Überraschung lag aber auch auf der anderen Seite. Ich wurde unverhohlen angestarrt. Wie ich später erfuhr, war ich der erste deutsche Seemann, der in diese Bodega kam.

Ich setzte mich in die Ecke an einen kleinen, leeren Tisch. Eine mollige Frau mittleren Alters (ich konnte nie das Alter einer Frau aus Mittel-/Südamerika richtig einschätzen), sie muss mal sehr hübsch gewesen sein, fragte mich: „Que quiere?“, dabei fasste sie meine Haare an. „Una cerveza, un chili con carne.“ Sie lachte, ging und brachte mir erst mal das Bier. Langsam gewöhnten sich die Einheimischen an mich und widmeten sich wieder ihren Getränken und Spielen.

Als ich aufstand, waren wieder alle Blicke bei mir. Aus der obligatorischen Musikbox wählte ich Julio Iglesias auf Spanisch. Nachdem ich erneut an meinem Platz saß, gingen sie wieder ihren Interessen nach. Ein unbeteiligter Beobachter hätte sich kaputtgelacht.

Dann kam mein Chili con carne. Ich dachte, ich sehe nicht richtig. Das war kein Teller, kein Napf, das war eine Schüssel mit mindestens drei Kilo heißem, herrlich duftendem Chili. Originell war auch der Löffel, er war aus Holz. Bevor sie ging, fasste sie noch einmal meine Haare an. Neben meinen Eimer voll Chili hatte die dralle Mexikanerin ein großes Glas mit einer dunkelroten, dicken, kernigen Soße hingestellt. Die sah noch leckerer aus als mein Chili selbst. Also tauchte ich meinen Holzlöffel gleich zweimal satt ins Glas und klatschte die schöne Soße in meine Schüssel. Schon beim ersten Löffel waren wieder alle Köpfe bei mir, beim zweiten drehten sie sich sogar auf ihren Stühlen um. Ich dachte schon, hinter mir ist ein Fernsehapparat. Als ich die Soße mit meinem Löffel im Chili verrührte, saßen alle mir zugewandt. Ja spinne ich denn, da Gama und Kolumbus waren doch längst hier.

Leicht irritiert aß ich meinen ersten Löffel. „Heilige Scheiße!“ Ich hatte noch nicht mal runtergeschluckt, da wurde mir klar, dass diese mexikanischen Männer nicht schwul waren. Noch während ich runterschluckte, spürte ich, dass alle Schleimhäute im Mund den Bach bzw. die Speiseröhre runtergingen. Nur wer schon mal eine heiße Kartoffel im Mund hatte und sie, statt auszuspucken, runtergeschluckt hat, kann nachvollziehen, was ich im Moment fühlte. In der Bodega hätte man eine Feder fallen hören. Mein erster Gedanke war, mein Bier mit einem Zug auszutrinken und mir eine neue Portion zu bestellen. Mir blieben also nur zwei Möglichkeiten. Eine Lachnummer zu werden oder zu gehen. Ich entschloss mich für eine dritte Möglichkeit. Ich aß den Ofen leer. Während ich mir das „Feuer" in den Mund schaufelte, tat ich so, als ob das mein täglich Brot wäre. Währenddessen quoll mir der Schweiß aus allen Poren. Mein Flüssigkeitsverlust lag bei 100 Prozent. Aber ich schaffte es. Als ich die Schüssel mit meinem Finger sauber geleckt hatte, saß ich mit meinem Stuhl in einer Pfütze, danach spülte ich mein Bier hinterher, was sich als Fehler erwies. Die Flüssigkeit verstärkte das Brennen enorm.

Tonlos bestellte ich ein zweites. Als die dralle Schönheit mir das Bier brachte, berührte sie meine Haare nicht. Sicher hatte sie Angst, sich daran die Finger zu verbrennen. Das zweite Bier folgte in einem Zug dem ersten. Diesmal war die Wirkung positiv. Ich ging zur Musikbox, drückte Julio Iglesias, setzte mich auf meinen Stuhl und lächelte in die Runde. Dann war der Teufel los. Die Männer, die hartgesottenen Fischer, lachten, brüllten, klatschten und stürmten auf mich zu. Hände schütteln und Schulter klopfen. Tatsache ist, dass Deutschland, ähnlich wie in Japan, in Mexiko sehr beliebt ist. Ich habe den Sympathienagel noch höher geschraubt. Für diesen Beitrag hätte ich einen Orden verdient.

Was danach kam, war knüppelhart. Ich hatte nur Freunde in der Bodega. Scheiß auf Cuba libre, ich lernte echten, hausgebrannten Tequila kennen und auch, wie er von den Männern getrunken wird. Irgendwann riss der Film. Ich wachte am nächsten Tag spätnachmittags in meiner Koje auf. Die Nachtwache hat mir später erzählt, dass mich zwei Mexikaner an Bord brachten. Mir hat kein Cent gefehlt, nicht einmal für mein Chili habe ich bezahlt.

Mein erstes Mal in Mittelamerika und ich war nicht im Casa Verde. Ich habe es nie bereut, aber ich konnte es bald nachholen. Es ging von Tampico nach Veracruz. Diesmal verzichtete ich auf die Grundlage und ging mit den Kumpels direkt ins Casa Verde und hörte zum ersten Mal den berühmten Satz: „Oh, po dios! Grande pistola! Bueno ficki ficki!“

Die nächste Order hieß Venezuela, doch nach einem Tag auf See stand fest, dass wir in Puerto Rico festmachen, und zwar in Arecibo. Das Wetter im Golf von Mexiko war ein Traum. Blauer Himmel, brennende Sonne, spiegelglatte, wunderschöne See.

Auf diesem alten Nachkriegsschiff gab es selbstverständlich kein Aircondition.

In tropischen Zonen war es schier unmöglich, in seiner Kammer zu schlafen. Also lagen nachts die Mannschaften mit ihren Matratzen an Deck. Aber auch sonst waren wir sehr erfinderisch. In einer Lukenkammer spannten wir eine absolut wasserdichte Persenning. Da hinein füllten wir mit dem Decksschlauch frisches, klares Meerwasser. Man nennt so was auch Swimmingpool.

Wir waren aufrechte Seeleute und bemüht, die Versäumnisse der letzten Besatzung gutzumachen. Wir haben entrostet, gemenningt und gestrichen, was das Zeug hält. Wir bemühten uns redlich, aus dem alten Dampfer ein Schiff zu machen. Alle Partys fanden an Deck statt. Der Müll ging über die Kante und man hatte nicht weit zum Schlafengehen.

Arecibo war nur ein Tagesaufenthalt und ich war nicht traurig über meine Hafenwache. Mein Kammerkollege, der andere Leichtmatrose – mit ihm habe ich mich nie angefreundet, nicht, weil er einen Sprung in der Schüssel hatte, nein, weil er kein guter Seemann war –, zog sofort los. Der Blödmann hatte nichts Besseres zu tun, als gegen eine Grundregel im Hafen zu verstoßen. Er brachte eine Nutte mit an Bord. Wenn man erwischt wurde, kam das Mädel in den Knast und der Seemann bekam eine hohe Geldstrafe, so um die 500 Dollar. Da ich nachts an Deck das Verladen überwachte, bemerkte ich das nicht. Er knallte sich mit dem Mädchen so richtig die Birne zu. Klar, dass er nicht mitbekam, als wir am Morgen ausliefen. Wir haben ihn allerdings nicht beim Losmachen vermisst. Als ich nach dem Auslaufen, ich hatte Freiwache, in meine Koje wollte, war er voll mit ihr „in die Gänge". Sie bumsten. Nachdem ich ihm klargemacht hatte, dass wir schon unterwegs sind, legte ich mich schlafen. Es war seine Scheiße, damit musste er selbst klarkommen. Mann, hatte dieser Idiot ein Riesenglück. Es sollte gleich nach Afrika gehen, Gott sei Dank kam kurzfristig eine Zuladung in San Juan dazu. Warum ein Riesenglück, werden Sie bald verstehen.

Jedenfalls ging mir die Sache furchtbar auf den Keks. Mindestens zweimal, wenn er Wache hatte, musste ich sie aus meiner Koje schmeißen. In San Juan konnten wir sie unbemerkt von Bord und aus dem Hafen schmuggeln. Eins fand ich wirklich gut. Obwohl es alle an Bord mitbekommen haben, sogar die Jungs aus der Maschine, hat es der Kapitän nicht erfahren. Wir haben alle zusammengesteuert, damit das arme Mädel wieder nach Arecibo zurückkonnte.

In San Juan wurde ein Container ins Zwischendeck geladen und es ging, laut Order, nach Afrika, Abidjan. Der Übergang in den Atlantischen Ozean ging nahtlos von schön nach schön. Wir waren gerade zwei Tage unterwegs, ich war auf Wache, es war zwei Uhr früh. Der Erste und ich standen mit einer Tasse Kaffee in der Nock und unterhielten uns. Die See war ruhig und der Himmel sternenklar. Dann ging alles verhältnismäßig schnell. Zuerst sahen wir steuerbord voraus einen dunklen Fleck, wie eine große schwarze Wolke, gleichzeitig wurde es leicht windig, ein feuchter Wind. Erst spürbar, dann konnte man ihn auch hören. In Minutenschnelle wurde der schwarze Fleck größer, der Wind stärker, lauter und nasser und plötzlich waren wir mittendrin.

Das ist die See, besonders in den warmen Zonen. Gerade noch wunderschön und plötzlich die Hölle. Ich raste nach achtern, um den Koch zu wecken, damit er die Küche vor Sturm absichern konnte. Die Jungs, die an Deck schliefen, hatten natürlich schon mitbekommen, was los war. Alle stürmten los, um die Bulleyes in ihren Kabinen zu schließen. Mittlerweile tobte der Atlantik und der Himmel war schwarz. Wir waren innerhalb einer halben Stunde mittendrin in dem, was wir „Windstärke

13“ nannten. Ein Orkan, ein Blitzorkan von schräg vorn steuerbord. Es krachte und knallte.

Die bis zu 20 Meter hohen Wellen machten aus unserem alten Trampschiff ein U-Boot. Die Jungs auf diesem Schiff waren erfahren genug, um die Situation richtig einzuschätzen. Wir zogen alle unsere Schwimmwesten an. Inzwischen stand auch der Alte auf der Brücke. Dann hörten wir es. Trotz der donnernden See und dem brüllenden Orkan hörten wir es. Ein Krachen. Das um uns herum waren bekannte, natürliche Geräusche, das Krachen war nicht natürlich. Mit dem Krachen nahmen wir eine Vibration im Schiff wahr, auch nicht natürlich. Dadurch, dass die See schräg von vorn kam, stampfte der Dampfer nicht nur durch die Wellen, er rollte auch von Backbord nach Steuerbord. Dann lokalisierten wir das Geräusch. Mittschiffs im Zwischendeck. Es konnte nur der zugeladene Container sein. Augenblicklich gab der Kapitän den Befehl, das Schiff in den Wind zu drehen, damit die See von vorne kommt. Zu spät. Es gab noch einmal einen Wahnsinnsschlag, der sogar das Heulen des Orkans übertönte, verbunden mit einer starken Vibration des Schiffes, gefolgt von einer haushohen Welle, die das Schiff voll an Steuerbord traf und überrollte. Das Schiff lag nun im 45-Grad-Winkel auf der Seite. Währenddessen funkte der Funkoffizier die Notsignale SOS und danach Mayday. Alle Schiffe, die in der Nähe sind, egal welcher Nationalität, peilen danach die Stelle an und steuern sofort dorthin. Als der alte Tramper sich nicht mehr aufrichtete, war klar, dass einer der nächsten Brecher ihn umwerfen, zum Kentern bringen würde. Der Kapitän gab den Befehl zum Verlassen des Schiffes. Die Rettungsboote konnten wegen der Lage des Schiffes, zwei waren sowieso schon abgerissen, nicht ausgebracht werden.

Gott sei Dank kamen wir an die beiden Rettungskapseln ran. Eine große ovale weiße Plastikkapsel, sieht aus wie eine riesige pharmazeutische Rheumakapsel, man wirft sie ins Meer und zieht eine Reißleine, die Kapsel sprengt sich auf und bläst sich zu einer zeltartigen Schwimminsel auf .Wir lösten sie und warfen sie über Bord. Währenddessen tobte die See. Ein normales Laufen an Deck war auch wegen der Schräglage nicht möglich. Es war mehr ein akrobatisches Jonglieren. Der Lärm der Brecher und das Heulen des Sturmes waren so laut, dass man sich nicht einmal mehr brüllend verständigen konnte. Jeder arbeitete automatisch. Seltsamerweise kam keine Panik auf. Das Schwierigste kam aber noch. Die Inseln ins Wasser zu bringen war eine Sache, man musste danach selbst über Bord springen, um in die Insel zu kommen. Natürlich gehören solche Rettungsaktionen zur Ausbildung und werden regelmäßig geübt. Aber bei ruhiger See. Bei diesem Wetter kam es dem Versuch gleich, aus 100 Metern in ein Sprungtuch zu springen und zu treffen. Wir sprangen alle. Wie ich später erfuhr, haben es alle bis auf einen der spanischen Matrosen und mich geschafft, in die Inseln zu kommen. Bevor ich über Bord sprang, sah ich noch, wie der Steward durch das offene Schott zu den Logis kletterte. Er wurde nie wieder gefunden. Wir nahmen an, dass er in seine Kabine wollte, um sein Geld zu holen. Er muss mit dem Schiff untergegangen sein.

Die Gefahr, von dem Sog des sinkenden Dampfers runtergezogen zu werden, bestand nicht. Durch die Wellenlänge wurde man mit jeder Welle circa 100 Meter weggetragen. Durch diese Riesenwellen war es auch nicht möglich, etwas von den anderen zu sehen. Manchmal wurde man von einer Welle begraben. Doch die Rettungsweste trieb einen wie einen Korken immer wieder nach oben, aber meistens trug sie einen durch das Meer. So schnell wie der Orkan über uns hereinbrach, verschwand er wieder. Plötzlich wurde es wieder sternenklar und leise. Das Ganze war wie ein Spuk. Ich konnte es gar nicht richtig begreifen. Eben stand ich noch, mit dem Ersten Kaffee trinkend, in der Nock, jetzt trieb ich wie ein Korken im Meer. Mit mir blieb nur eine große, lange Dünung zurück. Ich hatte keine Uhr mehr um, musste bei der Hektik abgerissen sein. So gegen zwei Uhr war es über uns hereingebrochen. Es war noch dunkel. Nach der Position der Sternenkonstellation, gehörte zur nautischen Ausbildung, war es zwischen drei oder oder Uhr. Irgendwann wurde es hell und die Dünung immer schwächer, das Meer wurde langsam wieder glatt. So sehr ich mich anstrengte, es war weit und breit nichts zu sehen. Keine Rettungsinsel, kein Frachter, nichts.

Ich war allein. Seltsamerweise bekam ich Hunger, später kam der Durst dazu. Erst jetzt kam die Panik. Haben andere Frachter die Notrufe aufgenommen? Waren überhaupt welche in der Nähe? Und wenn ja, wie sollten sie mich in dieser riesigen See finden? Das empfand ich schwieriger, als eine Fliege im Bodensee zu finden.

Dann erinnerte ich mich an das, was ich gelernt hatte. Die Funker, die den Notruf aufgefangen haben, können anhand der letzten Angaben ziemlich genau die Stelle des Untergangs berechnen. Danach wird die Strömung, Wellenlänge und die Zeit des letzten Funkspruchs berechnet. Das ergab dann die ungefähre Position des Schiffbrüchigen. Die Rettungsschiffe zogen in diesem Bereich ihre Kreise. Die in den Rettungsinseln hatten natürlich die besseren Karten. Sie saßen geschützt und verhältnismäßig trocken, hatten Verpflegung und zu trinken und das Wichtigste, eine Signalpistole. Ich konnte höchstens pupsen. Urplötzlich wurde die erste Panik von der nächsten Angstattacke verdrängt. Die Angst vor Haien. Nicht zu wissen, was sich gerade unter einem rumtrieb. Solange das Wetter schlecht war, bestand keine Haigefahr, aber bei ruhiger See. Ist schon komisch, bei Schlechtwetter bestand keine Gefahr von Haien gefressen zu werden, dafür war es aussichtslos, von Rettern entdeckt zu werden, und bei ruhigem Wetter musste man damit rechnen, gefressen zu werden, bevor man gefunden wird. Irgendwann, der Sonne nach musste es so zwischen 14 und 15 Uhr gewesen sein, demnach war ich schon circa zwölf Stunden im Wasser, glaubte ich, weitab ein Licht gesehen zu haben. Entweder war es eine Halluzination oder ein Leuchtsignal.

Das Hungergefühl war vorbei, aber der Durst fing an, unerträglich zu werden. Ich erinnere mich, dass ich einmal hysterisch lachte. Mir ging der irrwitzige Gedanke durch den Kopf: „Du treibst hier in Milliarden Kubiklitern Wasser und musst verdursten!“ Ein paar Mal war ich versucht, vom Meerwasser zu trinken, aber noch war ich klar in der Birne und mir der Konsequenzen bewusst. Das Salzwasser und die Sonne brannten auf meinem Gesicht wie mein Chili in Tampico. Irgendwann muss ich eingenickt sein. Als ich die Augen wieder öffnete, sah ich ihn. Ich dachte erst, ich würde träumen, doch dann wurde das Bild deutlich. Ein Frachter kam direkt auf mich zu. Ich winkte und brüllte, hatte aber sofort wieder Angst, dass mein wildes Gezappel einen Hai anlocken könnte. Das wär's ja wohl. Da kommt ein Schiff, und bevor es mich retten kann, frisst mich ein Hai! Als sie mich entdeckten, ein Boot aussetzten und an Bord holten, fing es bereits an, dunkel zu werden. Eine Stunde später und es hätte keine Chance mehr bestanden, mich zu sehen. Später erfuhr ich, dass ich 16 Sunden im Meer getrieben war. Was für ein unglaublicher Dusel, eine Stunde entscheidet über Leben und Tod. Heute weiß ich, dass es kein Dusel, sondern Bestimmung, von Gott gewollt, war.

Was für eine Freude. Alle Kameraden, ausgenommen der Steward, waren da. Ich war der Letzte. Der spanische Matrose wurde zwei Stunden vor mir rausgefischt. Wir umarmten uns alle. Ich drückte sogar den bekloppten Leichtmatrosen – an dieser Stelle die Erklärung, warum er ein Riesenglück hatte. Stellen Sie sich vor, die Hure aus Arecibo wäre noch an Bord gewesen ...

Als Letzter gab mir der Kapitän die Hand.

Unsere Retter waren Norweger. Noch ein Kuriosum. Deutsche und norwegische Seeleute konnten überhaupt nicht miteinander. In jedem Hafen, wo die beiden Nationen in einem Casa Verde oder anderen Kneipen aufeinandertrafen, war eine Schlägerei unausweichlich (später im Buch Genaueres). Jedes Mal, wenn ich später mit einem Wikinger aneinandergeriet, dachte ich stets, es könnte einer meiner Retter sein und schlug nicht so hart zu.

Wir bekamen 500 Mark Wertentschädigung und ich machte erst mal Urlaub bei meinem Vater.

Ein Punkt ist mir besonders wichtig: Während der gesamten Zeit, vom Untergang bis zur Bergung, hatte ich kein einziges Mal das Gefühl, allein zu sein. Im Gegenteil. Ich hatte stets das Gefühl: „Jemand ist bei mir!“

SCHUTZENGEL

Der Esoteriker ist davon überzeugt, dass jeder Mensch sein Leben lang einen Schutzgeist hat. Ich muss mehrere haben. Einer allein hätte es nicht geschafft, dass ich hier sitze und schreibe.

Viele Seeleute hatten bereits nach dem ersten oder zweiten blödsinnigen oder leichtsinnigen Fehler keine Gelegenheit mehr, daraus zu lernen. Stellvertretend für hundertfachen Mist, den ich machte, ein Beispiel:

Wir lagen in Port Lemon, Costa Rica, und um in die Casas Verdes zu kommen, musste man um die ganze Hafenbucht laufen, circa 45 Minuten. Am späten Nachmittag, frisch und nüchtern, war das ein leichter Spaziergang. Aber spätnachts oder gegen Morgen, ausgepumpt und mit dickem Kopf, ein lästiges Übel.

Da ich barfuß war und nur Shorts und T-Shirt anhatte, ging ich ins Wasser, um den riesigen Hafenbogen abzukürzen und schwamm quer durch zum Schiff. 20 Minuten später ging ich an Bord. Das klingt ja ganz normal, doch ein nüchterner Seemann hätte dies niemals getan.

Port Lemon ist nämlich ein offener Seehafen mit Haien und Strömungen. Die Chance, heil rüberzukommen ist in diesem Fall 10:90. Ich hätte eigentlich von Haien angefallen oder von einer Strömung aufs Meer hinausgetragen werden müssen.

Mein Urlaub dauerte knapp drei Wochen. Der Freund vom Seefahrtsamt rief mich an, fragte mich, ob ich nicht noch mal Karibik fahren möchte, und zwar auf einem neuen 14.000-BRT-Frachter. Ein sogenannter Inselspringer mit Abstecher nach Brasilien. Fahrzeit circa ein halbes Jahr. Das entspräche genau der Zeit bis zu meinem Matrosenlehrgang. Natürlich wollte ich. So heuerte ich auf dem MS H.W. an. Ein wunderschönes

Schiff. Ein Traum für jeden Seemann. Silbergrau die Aufbauten achtern, vier modernste McGregor-Luken und Schwergut-Ladebäume. Vorn, am Bug, ragte schön geformt die Nase oder der Tropfen – eine runde, beulenhafte Ausbuchtung, durch die der Frachter bis zu vier Seemeilen schneller fahren konnte, die Schnellläufer unter den Frachtern. Auf diesen Schiffen fuhren in der Regel nur gute Besatzungen.

DIE KARIBIK – DIE BESTE BESATZUNG – DAS BESTE SCHIFF

Als ich auf dieses Schiff kam, kannte keiner den anderen. Eine vollkommen neue Besatzung. Wir verstanden uns von Anfang an ausnahmslos. Das gibt es selten. So etwas habe ich nie zuvor und nie wieder danach kennengelernt. Mein schönstes Fahren.

Erstes Ziel: Aruba. Jeder freute sich aufs warme Klima, denn es war Oktober und die Winterstürme knallten voll rein.

Der Atlantik gab uns dann, drei Tage nach Auslaufen, die Chance, uns besser kennenzulernen. Früh um vier bei der Wachablösung standen der Zweite und der Dritte Offizier zusammen. „Da könnte eine Kleinigkeit auf uns zukommen, wenn ich mich nicht irre“, meinte der Zweite. Er irrte sich. Was kam, war keine Kleinigkeit. Kurz vor 5 Uhr morgens fand ich mich auf dem Boden in meiner Kammer wieder. Wir steckten mitten in Windstärke 10, als wir vom Wachgänger auf die Brücke gerufen wurden.

Ein tonnenschwerer Ladebaum hatte sich aus der wahrscheinlich defekten Verankerung gelöst und schwang mit seiner 15-Meter-Länge am Gelenkbolzen von Backbord nach Steuerbord, je nach Neigung des Schiffes. Wuchtig krachte er auf beiden Seiten mit Getöse gegen die Schiffsaufbauten. Es war eine haarige Situation. Das Schiff schwankte von Backbord nach Steuerbord, jeweils 40 Grad, der Ladebaum donnerte und krachte, heulender Sturm und die Brecher an Bord. Die Mannschaft hatte sich auf beiden Seiten aneinandergebunden. Wir mussten Tampen über den schwingenden Baum werfen und auf der anderen Seite auffangen, einmal unter und einmal über den Baum zurückwerfen, dann auf das Kommando „Hold on“ gleichzeitig festhalten und anbinden.

Klingt ganz einfach. Doch wir konnten uns untereinander bei diesem Höllenlärm nicht verständigen, außerdem nahmen die Brecher, die über das Schiff rollten, keine Rücksicht auf uns und unsere Arbeit. Dazu kam noch, dass die nassen Luken und das Stahldeck gefährlich rutschig waren, auch gab es nur wenig Möglichkeiten, sich festzuhalten. Den nötigen Halt mussten wir uns gegenseitig geben. Ich weiß nicht mehr, wie lange es gedauert hatte, bis wir das geschafft hatten. Ich weiß nur noch, als der Baum wieder festgezurrt und gesichert war, konnten wir bei Tageslicht, zu Tode erschöpft, frühstücken. Sicher ist, es konnte nur ein Team schaffen, denn hätte einer der Jungs beim „Hold on" Panik bekommen und nicht zugepackt, wäre es böse ausgegangen. Nach dem Frühstück wussten wir es. Wir waren eine Mannschaft!

DIE HOLSTEN- UND BECKS-STRASSE

Auf Sturm folgte die Dünung, dann die Ruhe der See im warmen Gewässer. Es war wirklich warm. Die Freiwachen saßen achtern an Deck, auf den Leinen und Pollern. Wir genossen die ruhige Fahrt, hörten Musikkassetten, tranken, sangen und rissen Zoten.

Unsere Hauptbiersorten bestanden aus Holsten und Becks. Die leeren Flaschen flogen achtern ins Meer und tanzten hüpfend hinter dem Schiff, wie eine lange Schlange oder Straße. So entstand ein neues Spiel. Die Holsten-Trinker saßen backbord, die Becks-Leute steuerbord. Um es kurz zu machen, es ging darum, welche Seite die längste Straße baute. Die Karibik mag es uns verzeihen, die Flaschen flogen und flogen. Niemand wusste später, welche Seite zuerst mit dem Bauen aufgehört hatte.

DAS GASTGESCHENK

Ein besonderes Highlight war, dass wir auf dem Schiff eine Fußballmannschaft hatten, außerdem einen fußballbesessenen Kapitän. Die erste Frage, die er mir stellte, als ich an Bord kam: „Kannst du Fußball spielen?“ Ich spielte in einer Schüler- und Jugendmannschaft als Torwart, und zwar bei der Germania Forchheim. Als ich das sagte, hätte er mich beinahe umarmt. Der letzte Torwart war in Hamburg von Bord gegangen. Das Schiff besaß eine komplette Ausrüstung. Trikots mit der Reedereifarbe, Adidas-Schuhe aller Größen und Bälle. Natürlich konnten wir nicht an Bord spielen, doch schon Tage vor jedem Einlaufen in diverse Häfen organisierte der Alte über Funk mithilfe des Agenten ein Spiel.

Schiffe mit Fußballmannschaften gab es damals häufig bei der Handelsmarine. Für Fußball spielende Seeleute hatte dies den Vorteil, dass sie nach dem Festmachen keine Deckswache gehen mussten. Es ging meistens gleich zum Spiel oder auf irgendeinen Platz trainieren. Wir waren eine gute Mannschaft. Der Alte übrigens ein guter Stürmer. Gegen eine brasilianische B-Mannschaft verloren wir einmal nur mit 6:1. Ich hielt sogar einen Elfmeter. Nach dem ersten Pflichtspiel auf Aruba gegen eine Hafenmannschaft, mit positivem Abschluss, ging es hoch her. Ein lustiger Abend, verbunden mit einer schönen Klopperei.

Natürlich mit ein paar Wikingern.

Es gab zwei Casas Verdes auf Aruba. In einem war ich öfters und gern, ebenso Costa Rica, Port Lemon.

Fährt man Süd- und Mittelamerika/Karibik, kommt man auf viele herrliche Inseln und Traumhäfen. Die ganze Palette von Tampico bis Trinidad-Tobago und überall hatte man sein favorisiertes Casa Verde und eine feste Seemannsbraut, die übrigens sehr eifersüchtig und gefährlich werden konnte.

Ich weiß nicht, ob es blonden Nachwuchs von mir auf den Inseln gibt, aber ganz sicher hing in jedem Puff ein Foto von mir hinter der Bar.

In Aruba gab es nicht viel zu löschen, deshalb liefen wir am nächsten Nachmittag aus. Nächstes Ziel: Carabito/Venezuela. Drei Tage den Orinoco hoch. Lebenswichtige Dinge für eine Esso-Station mitten im Urwald. Ein schwer zu beschreibendes Erlebnis. Zum ersten Mal in meinem Leben fuhr ich auf einem großen Fluss mitten durch den Urwald. Eine urige Pracht. Diese Vielzahl an unterschiedlichen Geräuschen, besonders nachts, wenn einen die Brüllaffen nicht schlafen ließen. Dieser betörende Duft.

Doch die Schönheit hatte auch ihren Preis. Die klimatischen Bedingungen waren knallhart. Man war ständig klitschnass. Entweder von einem in Sekunden einsetzenden Tropenregen oder von heißer, stickiger, dampfender Urwaldluft mit 80-prozentiger Luftfeuchtigkeit. Nur in Shorts rumzulaufen war auch nicht unbedingt ratsam, es sei denn, man wollte zum Nadelkissen werden. Unvorstellbar, wie viele Moskitos auf einem kleinen Fleck um einen herumschwirren konnten. Außerdem gab es da noch ein schmetterlingsartiges Fluggerät. Groß wie ein Spatz und farbenprächtig wie ein Papagei, sehr schön anzusehen und ohne jegliche Scheu. Gott sei Dank hatte uns der Flusslotse vor diesen „Paradieslingen“ gewarnt. Die bunten Flügel seien mit einer Art Pulver bestäubt; sollte man damit in Berührung kommen, löst es einen ähnlichen Effekt wie eine Feuerqualle im Meer aus. Clever wie ich war, hatte ich immer ein Handtuch bei mir und konnte ein paar von ihnen erledigen.

Nein, ich war doch nicht clever, sondern bekloppt. Nachdem ich diese Flatterviecher erfolgreich mit dem Handtuch abgewehrt hatte, fiel mir nichts Besseres ein, als mir danach mit demselben Handtuch den Schweiß aus dem Gesicht zu wischen, ohne zu bedenken, dass sich darauf dieses Feuerpulver befand. Den Rest spar ich mir.

Des Öfteren fuhren wir an kleinen Indianerdörfern, die direkt am Fluss lagen, vorbei. Etwas hab ich dabei nie auf die Reihe bekommen. An den Flussrändern gab es viele kleine Sandbänke, auf denen unzählige Alligatoren mit offenen Mäulern in der Sonne lagen. Höchstens 200 Meter weiter badeten die eingeborenen Kinder im Fluss.

Nach drei Tagen Fahrt durch den Urwald machten wir in Carabito fest. Selbstverständlich war bereits ein Spiel mit den Ölarbeitern organisiert. Ich hatte mich gerade von dem Feuerschmetterlingsstaub erholt, war aber verständlicherweise noch nicht so gut drauf. Wir haben verloren.

Nachdem die Fußballmannschaft auf Anordnung des Alten das Achterschiff blitzblank geputzt hatte, konnten wir endlich an Land. Carabito war nur eine bessere Arbeiterbesiedlung mit nur einem Flusspuff, alles eine Etage niveauloser als Aruba. Auf der anderen Seite des Flusses lag, im Urwald, eine Eingeborenensiedlung, so wie man sie von Filmen her kannte. Ein Arbeiter, der zu den Eingeborenen gehörte, erzählte uns, dass die Indios immer ein Fest veranstalteten, wenn ein deutscher Frachter in Carabito einlief.

Deutsche Schiffe und Seeleute waren in Mittelamerika und der Karibik die beliebtesten. Wir mussten Prioritäten setzen. Die einheimischen Dorfschönheiten fielen in die Rubrik „Tabu", also ging es zuerst in die Bar. Auch hier alles eine Etage anspruchsloser. Das Ambiente, die Kundschaft, kein Eis für den Bacardi und leider auch die Mädchen. Nach einem „short-time" lag mein Gefühlsleben ebenfalls eine Etage tiefer, also erst mal wieder an Bord und frisch gemacht.

Vom Flusslotsen erfuhren wir, dass kleine Geschenke bei den Eingeborenen willkommen seien, aber bitte nur kleine. Die Indios sind sehr stolz und würden sich bei einem großen Geschenk verpflichtet fühlen, sich zu revanchieren. Da sie aber sehr arm sind, würde man sie in Verlegenheit bringen.

Nur drei meiner Freunde hatten Lust, mit aufs Fest zu gehen, der Rest feierte in der Bar. Sie hatten alle Angst vor den Speisen und Getränken, die man angeboten bekommen würde. Sie hatten nicht unrecht. Meine Freunde nahmen ein Bordmesser und ein Stück Kernseife als Geschenk mit. Ich dachte, wie auf der Bounty. Das war mir zu billig. Ich packte zwei

Flaschen braunen Hamburger Rum und zwei Stangen starke, filterlose Zigaretten ein.

Du lieber Himmel, war das ein Aufruhr, als ich dem Veranstalter, dem Käpten des Dorfes, meine Geschenke überreichte. Die kriegten sich nicht mehr ein. Ein unglaublich aufgeregtes Geplapper, es kam richtig Hysterie auf. Irgendwann wurden sie sich mit irgendwas einig. Jedenfalls stieg daraufhin das Fest. Noch nie hatte ich liebenswertere, fröhlichere und gastfreundlichere Menschen kennengelernt. Ich weiß, dass es langsam übertrieben klingt, aber Wahrheit bleibt Wahrheit. Die absolute Sensation waren meine Augen und die Haare. Selbst die Knirpse, die ohne Zeitlimit herumschwirrten, zupften ständig daran.

Keine Ahnung, was wir alles essen mussten. Von lebenden Raupen auf Blättern bis zu Affen, Schlangen und Alligator muss alles vertreten gewesen sein. Doch der absolute Höhepunkt des Abends, die Getränke. Sie schmeckten höchst gewöhnungsbedürftig, doch wenn man sich an diesen bittersüßen Geschmack gewöhnt hatte, konnte man nicht mehr aufhören zu trinken. Irgendwie musste das eine bewusstseinsverändernde Wirkung ausgelöst haben, denn als ich wegsackte, fiel ich in einen farbenprächtigen Traum.

Irgendwann, es wurde bereits hell, verspürte ich Tritte und Schläge gegen meinen Kopf. Ich hob schützend meine Arme und richtete mich mühsam auf, doch da war niemand der mich trat oder schlug. Nur die Nachwirkung des Höllengetränks pochte in meinem Schädel. Meine Freunde saßen um mich herum und grinsten. Lästig wurde auch das ständige Ziehen und Zerren an meinem Bein. Das Dorf befand sich noch im Ausschlafzustand. Das Zerren an meinem Bein wurde immer lästiger „Verdammte Scheiße, was soll das denn! Geht das Gesöff auch in die Beine?“ Dann traf mich der Schlag. Ich musste mir die Augen reiben und noch mal hinschauen, aber das Ergebnis war das Gleiche. An mein Fußgelenk war ein Schwein gebunden. Ein kleines, junges, braunes venezolanisches Hängebauchschwein. Hatte ich durch das Gesöff Halluzinationen? Doch als das Schwein mir auf den Fuß pisste, wurde mir klar, was die hektische Diskussion der Eingeborenen zu bedeuten hatte. Es ging um das Gegengeschenk. Meine erste Reaktion, nachdem ich das Schwein vom Fuß losgebunden hatte, war, es einfach laufen zu lassen.

Doch meine lieben Kameraden redeten mir dies vehement aus. Es käme einer tödlichen Beleidigung, vielleicht sogar einer Kriegserklärung gleich. Also ruderten wir mit dem kleinen Beiboot, meine Freunde, ich und das Schwein, zum Schiff.

Es gelang uns, das Schwein unbemerkt an der Nachtwache vorbei an Bord zu schmuggeln. Wir brachten es erst mal in einer Leerkabine unter. Für mich kam es aber noch dicker. Ich bemerkte ein leichtes Ziehen im Genitalbereich. Mein erfahrener Freund und Matrose meinte: „Du hast dir die Stange verbrannt!“ Ich sah ihn verständnislos an. „Du hast 'nen Tripper, Junge!“ Ich war fertig mit der Welt. Da stand ich nun mit einer Geschlechtskrankheit am Arsch und einem Hängebauchschwein am Bein. Noch dazu als blinder Passagier.

Wenn das der Alte erfahren hätte, hätte er mich und das Schwein mit einem Apfel im Maul am Spieß gegrillt. Guter Rat war nicht vorhanden und in einer Stunde sollte das Schiff ablegen. Okay, erst mal überlegen und dann wollten wir weitersehen.

Wir fuhren wieder flussabwärts. Mein Matrose und ich saßen währenddessen in dem mittlerweile vollgeschissenen und verpissten Leerzimmer und tranken Bier.

Lange konnte es nicht dauern, bis der Geruch die Brücke erreicht hatte. „Der OA“, meinte mein Matrose. Der OA war ein junger Bursche aus Bremerhaven, der auf dem Schiff für die Offiziersschule vorbereitet wurde. Ein Arschkriecher und der einzige nicht so beliebte Mann an Bord, außerdem befand er sich nach dem Auslaufen noch als Rudergänger auf der Brücke. Es war nicht leicht, das mittlerweile verstörte Ferkel in das Zimmer vom OA zu schmuggeln, aber es klappte. An Bord waren die Kammertüren nie verschlossen. Bevor ich die Tür vom OA hinter mir zumachte, sah ich noch, wie das kleine Schwein in dessen Koje sprang.

Mann, war das ein Spektakel, als der OA nach seiner Wache in seine Kabine kam. Erst mal das Geschrei des OA, dann das laute Gequieke des Ferkels, als der OA versuchte, es mit einem Besen aus seiner Kabine zu jagen. Er dachte tatsächlich, eine riesige Flussratte wäre in sein Zimmer eingedrungen. Dann ging die Jagd durch die Gänge los. Sechs erwachsene Männer waren nötig, das kleine, flinke Hängebauchschwein einzufangen. Der OA war nicht mehr zu beruhigen. Nicht nur seine Kammer, auch seine Koje war voller Schweinescheiße. Wer hätte gedacht, dass so ein kleines Ferkel derartig viel produzieren konnte. Die Frage nach dem Schuldigen blieb unbeantwortet. Meine Jungs hielten dicht. Unnötig, einen jungen, vor einer hoffnungsvollen Karriere stehenden Seemann zum Mörder zu machen. Bleibt noch zu erwähnen, dass wir unser Ferkelchen im Orinocodelta bei einem Fischkutter gegen drei volle Körbe Fisch eintauschten.

Das Schwein war ich los, den Tripper behielt ich noch eine Woche.

Tripper war die häufigste, auch als Kavaliersschnupfen bekannte Geschlechtskrankheit bei Seeleuten. Sie wurde an Bord vom Dritten Offizier mit Penicillin behandelt. Unangenehm, aber nicht gefährlich.

Nächster Hafen: Port-au-Prince. Darauf freute ich mich ganz besonders. Liegezeitdauer: drei Tage, außerdem mein 18. Geburtstag.

Natürlich möchte ich nicht den Eindruck erwecken, die Seeleute seien alle Alkoholiker und Randalierer. Und nicht eine verrückte Party jagte die andere, d.h., es ging nicht nahtlos von einer zur anderen über. Selbstverständlich verteilte sich der Spaß über eine ganze Fahrt. Drei bis sechs Monate, je nach Tour, und auch nur, wenn wir Glück mit dem Wetter hatten. Diese Partys waren einfach für die Psyche des Einzelnen und das Zusammengehörigkeitsgefühl der Mannschaft nötig. So entstanden selten gefährliche Spannungen und Aggressionen untereinander. Nur eine Party bedaure ich im Nachhinein.

DIE FEUERLÖSCHPARTY

Seit dem Ende der Segelschiffe, also dem Beginn der Motorschifffahrt, bestand eine permanente Feindschaft zwischen Decks- und Maschinenleuten. Es gab schon mal die eine oder andere Keilerei, aber nie richtig böse oder ernst. Im Grunde akzeptierte und respektierte jede Partei die Leistung der anderen. Schließlich war man aufeinander angewiesen, trotzdem brauchte man die Spannung. Eine räumliche Trennung war ebenfalls erforderlich. Die Maschinengang hauste auf der Backbordseite, die Decksleute lebten steuerbords. Keine Ahnung, wie die Party anfing. Wir oder die oder beide. Jedenfalls hatten wir urplötzlich Krieg und irgendeiner einen Feuerlöscher in der Hand. Gleich darauf jagten wir uns gegenseitig mit den Feuerlöschern durch die Gänge.

Mann, hat das anschließend ausgesehen. Wie nach einem Großbrand. Ein Glück, dass es bis Port-au-Prince kein echtes Feuer gab. Klar, dass wir den Schaden von der Heuer abgezogen bekamen.

Zu jeder Matrosenprüfung gehörte auch die Feuer-Ausbildung. Ohne erfolgreichen Abschluss kein Matrosenschein. Das war auch gut und richtig so. Brach ein Feuer auf dem Schiff aus, konnte man keine Feuerwehr rufen. Mit dieser Situation mussten die Seeleute allein fertig werden, also hatten wir Glück, dass nichts dergleichen passierte und der Kapitän beide Augen zudrückte. Wir haben nie darüber gesprochen, aber ich weiß, dass das jedem klar war.

DIE GESCHIRRPARTY

In irgendeiner Kammer ging es los, und zwar gleich nach dem Frühstück. Hatte jemand Geburtstag oder war es ein Namenstag? Egal! Wir benötigten sowieso nie einen Grund zum Feiern. Jedenfalls ging es über vier Tage, von Wache zu Freiwache, von Kammer zu Kammer.

Selbst zum Essen blieben wir unten. Die jeweiligen Wachgänger versorgten die Feiernden. Mit dem schmutzigen Geschirr machten wir uns keine Arbeit, es kam mit dem großen Spülgang durchs Bullauge ins Wasser. Nach zwei Tagen hatten wir achtern nur noch Tassen, also besorgten wir uns die Teller von den Khaki-Leuten, den Offizieren. Als der Kapitän am fünften Tag sein Essen in der Tasse serviert bekam, war die Party zu Ende.

DER 18. GEBURSTAG

Es waren noch zwei Seetage bis Port-au-Prince und zwei Tage bis zu meinem 18. Geburtstag. Wir saßen gerade beim Frühstück, als mich Karl, der Bootsmann, fragte. „Hey Fiede, wo feiern wir denn deinen Geburtstag?" Ohne groß nachzudenken, kam meine lapidare Antwort: „Im Puff, natürlich!" Wie gesagt, ich hatte nicht nachgedacht und es nicht ernst gemeint. Meine Jungs schon. Wie ein Lauffeuer ging es durchs Schiff. „Fiede feiert im Puff seinen 18ten, alle sind eingeladen!" Das hatte ich zwar nicht gesagt, aber je länger ich darüber nachdachte, desto mehr konnte ich mich damit anfreunden. „Scheiß auf die Kohle. Das hatte es noch nie gegeben". So kam es dann auch. Wir liefen im Hafen ein und kaperten den Puff. Im wahrsten Sinne des Wortes. Ich habe mir die Puffmutter gegriffen. Sie nannte den Preis (für mich ein Freundschaftspreis) und warf die bereits anwesenden Fremdkörper raus. Wer nicht wollte, den haben wir entsorgt. Nur der Alte und die beiden portugiesischen Matrosen blieben an Bord und hielten die Stellung.

Glauben Sie mir, diese Nacht war jeden Cent wert. Ich hatte mir ein Denkmal geschaffen. Die deutsche Handelsmarine war eine große Familie. Innerhalb eines Jahres war die Geschichte durch. Und je öfter sie erzählt wurde, desto dicker wurde sie. Ich hab sie selbst auf zwei anderen Schiffen zu hören bekommen, ohne mich zu outen. Hätte mir sowieso niemand geglaubt.

ACHTERN RAUSSEGELN

Eine sehr beliebte und häufige Abwechslung. Das bedeutete, man verpasste bewusst oder im Suff das Auslaufen des Schiffes. Ich kannte keinen Matrosen, der nicht wenigstens einmal in seiner Laufbahn irgendwo aufwachte und feststellte, dass sein Schiff sich bereits auf See befand.

Der Kapitän musste dann eine Meldung bei der Hafenbehörde machen und schon wurde man gesucht. Wurde der Seemann erwischt, musste er sitzen, bis sich eine Ausreisemöglichkeit ergab. Da die Strafe in jedem Fall, 250 Dollar, bezahlt werden musste, versuchte man auf eigene Faust, dem Schiff hinterherzukommen, um wenigstens dem Knast zu entgehen.

Ich war schon Spezialist im Achtern-Raussegeln. Aber das Beste war in Port Lemon, Costa Rica. Ich war gerade verliebt und fühlte mich sauwohl. Keine Ahnung, wie lange ich geblieben wäre. Es machte unheimlich Spaß, in einem Puff zu leben.

Leider gab es einen eifersüchtigen Zuhälter, dem ich ein Dorn im Auge war. Er versuchte es erst körperlich, als das für ihn in die Hose ging, hetzte er mir die Hafenpolizei auf den Hals. Zwar konnten mich die Mädchen erfolgreich verstecken, ich wurde durch die Fenster von Zimmer zu Zimmer weitergereicht, doch war es nur eine Frage der Zeit, bis sie mich erwischt hätten. Also beschloss ich, die Fliege zu machen. Im wahrsten Sinne des Wortes.

Die Hauptstadt von Costa Rica ist San José. Im Hafen von Port Lemon konnte ich mich nicht sehen lassen, deshalb musste ich unbedingt nach San José. Doch dazwischen liegt ziemlich viel Dschungel.

Zweimal in der Woche flog damals ein amerikanischer Buschpilot mit einer alten, zweimotorigen Douglas diese Strecke. Die Mädchen sammelten und gaben mir ein paar Dollar. Irgendwie war ich diesem Typ sympathisch, denn für fünf Dollar nahm er mich mit.

Mein Gott, war das ein Flug! Im ganzen Flugzeug gab es höchstens drei Sitze. Ich hockte neben dem Fenster, eingezwängt zwischen Eingeborenen und ihren Schweinen, Hühnern und Ziegen. Es war ein Höllenflug. Der Typ flog dicht über den Bäumen. Ich hätte nie gedacht, dass Flügel sich so bewegen könnten. Noch heute habe ich Flugangst.

Das deutsche Konsulat in San José besorgte mir ein Flugticket nach Rio de Janeiro, wo ich unter Jubel und Hallo an Bord meines Frachters kletterte.

DIE TRENNUNG

Wir fuhren vom Sommer in den Frühling. In der Heimat war es mittlerweile Mai. Die gesamte Überfahrt war ruhiges Wetter. Die Stimmung, obwohl nach außen nicht sichtbar, getrübt.

Jeder Seemann weiß, dass die Seefahrt zusammenschweißt und wieder auseinanderreißt. Wir bauten die längsten Becks- und Holsten-Straßen, die je gebaut wurden, durch die Karibik, den Nordatlantik, bis zur Elbmündung.

In Hamburg packten wir unsere Seesäcke und gingen von Bord. Noch einmal traf sich der harte Kern auf der Reeperbahn.

Am nächsten Morgen wachte ich allein in meinem Zimmer im Stella Maris auf, holte meinen Not-Heiermann aus dem Schuh, zog mich an, ging zum Hafen runter, um mir mein Seemannsfrühstück reinzuziehen. Die stille Hoffung, den einen oder anderen dabei zu sehen, erfüllte sich nicht. Es war immer so und wird sich nie ändern.

Jemand sagte mal: „Mit der Zeit gewöhnt man sich daran. Aus den Augen, aus dem Sinn.“ Bei mir hat das nie funktioniert.

Es kommt immer und bei jedem die gleiche traurige Erkenntnis:

Man weiß erst, wen man verloren hat, wenn er nicht mehr da ist.

Als ich 18 war, starb mein Vater.

DIE MATROSENPRÜFUNG

Ich blieb an Land. Es verging einige Zeit, bis ich mich wieder in den Zug setzte und nach Hamburg fuhr. Zuvor hatte ich mich für die Matrosenschule in Lübeck/Travemünde angemeldet. In Hamburg machte ich meinen neuen Gesundheitscheck, holte mir die nötigen Unterlagen vom Seefahrtsamt und fuhr nach Lübeck. Die Matrosenschule war zwar in der Aufmachung ähnlich strukturiert (Lehrkräfte, Unterkunft) wie die Seemannsschule (Mosesfabrik Bremervörde), hatte aber nichts mit ihr gemein. Alle, die eintrafen, hatten schon drei Jahre oder mehr Fahrzeit hinter sich. Wir waren also schon junge Männer. Die Matrosenprüfung ist das Gleiche wie an Land der Gesellenbrief. Nur geht die Matrosenausbildung sechs Wochen am Stück. Die seemännischen Grundkenntnisse werden natürlich vorausgesetzt. Außer den seemännischen Handarbeiten wie Segelnähen, Knoten und Spleißen wird Nautik, Schiffsführung, Seenotausbildung und Feuerbekämpfung vorrangig behandelt, und nur wer den Rettungsboot-Führerschein und den Feuerbekämpfungsnachweis besteht, bekommt nach sechs Wochen den Eintrag „Matrose" ins Seefahrtsbuch.

Für mich war diese Zeit, mehr oder weniger, eine reine Pflichtzeit. Saufgelage und um die Häuser mit anderen zu ziehen machten mich nicht an. Schön, an dem einen oder anderen Spaß habe ich mich beteiligt, aber nie an großen Aktionen. Große Freundschaften wurden nicht geschlossen. Es fehlten eben das Schiff, das Meer, die Häfen und die Bar mit den Mädels. Und so gingen wir nach sechs Wochen auseinander, wie wir zusammengekommen waren. Als Männer mit gleichen Interessen. Als Seeleute.

Als frisch gebackener Matrose lief ich in Hamburg auf dem Kiez ein. Nachdem ich mir vom Seefahrtsamt einen neuen Heuerschein besorgt hatte, stellte ich meinen Seesack im Stella Maris unter. Danach ging ich in die Kneipe, die für mich als Decksjunge schon meine Lieblingsbar war, die „Washington Bar“, und feierte meine bestandene Matrosenprüfung. Es stand für mich von vornherein fest, wieder in die Karibik zu fahren.

Mein neues Schiff war ein 12.000-BRT-Stückgutdampfer, der mich dorthin bringen sollte. Anmustern sollte ich erst am nächsten Tag um 18 Uhr. Also jede Menge Zeit zu feiern. Es war eine große Freude, die „Callas“ wiederzutreffen und ihr falsches Geplärre zu hören (natürlich kannte sie mich nicht mehr).

Nach drei Schiefen in der Washington Bar sprach mich ein junger Seemann an. Mein fränkischer Dialekt war ihm aufgefallen. Er kam aus Niederbayern. Er hieß Siggi. „Was bist du?“ – „Matrose! Und du?“ – „Ich auch!“ – „Wohin geht dein nächster Trip?“ – „In die Karibik! Und deiner?“ – „Meiner auch!“ – „Wie heißt dein Schiff?“ – „MS S. Und deins?“ – „Meins auch!“ – „Prost!“ – „Prost!“ Wir wurden die besten Freunde. Es war eine lange Nacht. Wir durchliefen alle Seemannskneipen auf dem Kiez und trafen auch auf Holzbein. Diesmal wurde ich stolzer Besitzer und Vermieter eines Holzbeins. Als es hell wurde, holten wir unseren letzten Heiermann aus dem Schuh. Alter Seemannsbrauch: Vor dem Losziehen wird ein Fünfmarkschein als eiserne Reserve im Schuh deponiert. Wir kauften uns ein Seemannsfrühstück, ein Bier und eine Frikadelle und wackelten ins Stella Maris. Um 17 Uhr fuhren wir mit dem Taxi an Bord.

Auf diesem Schiff waren wir die einzigen Matrosen. Der Bootsmann war ein Berliner und hatte immer einen witzigen Spruch auf den Lippen. Zwei ältere, erfahrene Decksarbeiter, zwei Leichtmatrosen und, mein Herz hüpfte vor Freude, ein Decksjunge. Ulli und ich bezogen eine große Matrosenkammer mit Dusche und WC. Ein kleiner Wermutstropfen: Ich hatte die 4-bis-8–Uhr-Wache. (sieben Überstunden pro Tag. Von 8 bis 16 Uhr). Aber nichts für einen unverbesserlichen Romantiker wie mich. Der Nordatlantik war zwar rau, aber nicht bösartig. Unser Moses war nicht gerade der Hellste, doch willig. Es war sein zweites Schiff. Sein erstes war auch ein Kümo, allerdings hatte er es nur drei Monate ausgehalten. Als ich ihn nach „Old Papendieck“ fragte, wurde er rot. „Wo hast du deine Guten-Eindruck-Klamotten?!", fragte ich ihn. „In die Mülltonne gestopft!" (konnte ich gut verstehen).

Wie bereits erwähnt, meinte es der Atlantik gut mit uns. Es gab zwei Gruppen von Seeleuten. Die einen liebten die ruhige See und arbeiteten gern an Deck und freuten sich, Überstunden machen zu können. Einige waren verheiratet und mussten ihren Ziehschein (Geldüberweisung) nach Hause oder an irgendeine Hafenkneipe abschicken, andere brauchten viel Kohle für den Landgang. Zu den Letzteren gehörte ich. Die anderen, etwas Fauleren, liebten die raue See. Da konnte man natürlich nicht an Deck arbeiten, außer in den Räumen und im Kabelgatt. Die gingen lieber ihre Wache und machten ab und zu eine kleine Party.

DECKSARBEITEN:
Auf See beschränkten sie sich auf Farbe waschen (Deck und Aufbauten), Rost klopfen, mennigen und streichen (jeder Seemann ist ein exzellenter Malermeister), außerdem Leinen und Ladegeschirr überholen.

DIE WACHE:
In der Regel war die Wache mit drei Mann besetzt. Ein Offizier, zwei Decksleute, vom Moses bis zu den Matrosen. Der Bootsmann war für die Arbeit an Deck zuständig und brauchte keine Wache zu gehen. Auf See genügte ein Decksmann, da auf See stets die Steuerautomatik eingeschaltet war. Nachts beschränkte sich die Wache auf Kaffeeholen und Stand-by. Die Tageswache musste natürlich auch arbeiten. Die 4-bis-8-Uhr-Wache hatte noch eine andere Aufgabe. Sie musste um 06:30 Uhr den Koch wecken und um 7 Uhr den Rest der Besatzung.

Ich hatte also die 4-bis-8-Uhr-Wache und die Aufgabe, als Ersten den Koch (Frühstück) zu wecken. Es war ein Tag vor dem Einlaufen in meinen Lieblingshafen Port Lemon. Ich stand vor der Kammer des Kochs und klopfte. Da er mich nicht hörte, machte ich auf und ging rein. Da sah ich es und mir war klar, warum er mich nicht hörte. Der Koch lag mit dem Steward in der Koje. Sie waren voll bei der Sache. Ich weiß nicht, für wen der Schock größer war. Für die beiden oder für mich. Sie müssen verstehen, ich war ein junger, konservativer Oberfranke und hetero.

Von dem, was ich sah, hatte ich noch nicht mal gehört. An dieser Stelle möchte ich nochmals betonen, dass ich während meiner gesamten Seefahrtszeit nie einen schwulen Decksmann oder Maschinisten getroffen habe. Man muss auch bedenken, dass damals Schwulsein ein Makel und geächtet war. Es gab damals sogar einen Paragrafen, der dies unter Strafe stellte. Das war in diesem Moment meinen beiden Ertappten auch klar. Ohne ein Wort habe ich die Kabine verlassen. Für den Koch und den Steward müssen die nächsten Stunden die Hölle gewesen sein. Schließlich ging es für sie um Leben und Tod. Das klingt furchtbar dramatisch, aber eins steht fest, wenn ich sie geoutet hätte, hätten sie gleich über die Kant springen können. Der Rest der Reise wäre für sie der Albtraum schlechthin geworden. Kurz, ich hab die Schnauze gehalten, sie nicht verpfiffen. Zum Koch sagte ich, er solle sich einen Wecker besorgen, denn ICH würde ihn nicht mehr wecken. Einen Vorteil hatte meine Diskretion für mich. Auf dieser Fahrt ging's mir besser als dem Kapitän.

Port Lemon hatte mich wieder. Mann, war das ein Hallo, als ich in meinem „Casa Verde" einlief. Für alle Mädels hatte ich 4711 dabei. Auch Siggi hat dadurch, dass er mein Freund war, profitiert.

Das erste Mal in Port Lemon und er brauchte nicht zu zahlen. Auch mein amerikanischer Buschpilot lebte noch. Ich schenkte ihm eine Flasche Jack Daniels und eine Stange Zigaretten, man konnte ja nicht wissen ...

Der Abschied war sehr emotional. „Mas lacrimas para ti." Doch Siggi sorgte dafür, dass ich an Bord ging.

Nächster Hafen: Kingston Town/Jamaika.

Ein dunkles Kapitel in meinen Erinnerungen. Gleich am ersten Tag, wir hatten große Papierrollen, Durchmesser zwei Meter, eine Tonne Gewicht, zu löschen. Sie wurden mit dem Kran auf Waggons gehievt. Plötzlich Geschrei, Wahnsinnsaufregung. Ich befand mich gerade in der Messe und trank meinen Kaffee, stellte meine Tasse ab und rannte an

Deck. Unten am Pier bot sich mir ein grauenvoller Anblick. Da lag ein Hafenarbeiter auf dem Boden mit zerquetschtem Kopf, das Gehirn zum Teil in seiner Basketball-Mütze. Es dauerte fast 30 Minuten, bis ein Abholdienst eintraf. Die schwarzen Hafenarbeiter standen schweigend um den Toten herum. Mit einem Leichtmatrosen ging ich die Gangway hinunter und deckte den leblosen Körper mit einer Persenning zu, dabei brannte sich mir ein Bild ein. Der Mann lag bewegungslos da, um sein Handgelenk tickte der Sekundenzeiger seiner Armbanduhr unbeirrt weiter.

Kingston Town, die gefährlichste Stadt der Karibik, der Hass auf Weiße einfach nicht zu beschreiben. Jamaika, geschichtlich bekannt, eine Insel von entflohenen Sklaven aus Afrika. Schon auf See wurden wir instruiert, nur in Gruppen von mindestens drei Mann an Land zu gehen. Trotzdem wurden wir übelst beschimpft: „White lice, bastards...", außerdem bespuckt.

Unser dritter Ingenieur fuhr mit dem Taxi in die Stadt, dabei lehnte er sich mit seinem Arm in das herabgelassene Fenster. An einer Ampel wollte ihm ein Radfahrer wegen seiner Uhr mit einer Machete die Hand abschlagen. Es klappte zwar nicht, aber der Hieb ging bis auf den Knochen.

Nach einem Abstecher, Santo Domingo, ging es direkt Richtung Brasilien. Erster Hafen: Fort Aleza. Ein absoluter Absturzhafen für mich.

Geplant war, mit Siggi und den Jungs ein paar Cuba libre an der Bar zu trinken und danach „Vamos para mi casa!"

Irgendwie habe ich den Bolzen zu weit aus dem Schäkel gezogen und der Anker fiel sehr tief. Am nächsten Morgen fand mich Siggi, der sich inzwischen zu meinem Aufpasser entwickelt hatte, damit ich nicht wieder achtern raussegle, in einem Casa zwischen zwei schwangeren Nutten. Ich schwöre, dass ich keine Ahnung hatte, wann und wie ich dort landete, und keinerlei Erinnerung, was oder ob überhaupt etwas passiert war. Trotzdem wurde ich diesen „Makel“ den Rest der Fahrzeit nicht mehr los. Ein sehr einseitiger Spaß. Ständig wurde ich „Jumbo-Sandwich“ oder „Mutter-Schänder“ genannt.

UNTER DIEBEN UND MÖRDERN

Victoria/Brasilien sollte unser letzter Hafen vor der Rückfahrt nach Hamburg sein. Sieben Tage waren eingeplant. Zunächst zwei Tage Wartezeit vor Reede, dann vier Tage laden und den letzten Tag bunkern.

Mit Siggi ging ich gleich den ersten Abend an Land. Victoria kannte ich noch nicht. Es fing alles so stark an. Ein paar Cuba libre und eine hübsche, langhaarige Brasilianerin. Es war schon spät am Abend, als ein angetrunkener Einheimischer Streit begann. Der guten Stimmung wegen ließ ich mich nicht darauf ein, bis eine volle Colaflasche ein paar Zentimeter neben meinem Kopf an der Wand zerplatzte. Ich dachte, es sei ein eifersüchtiger Zuhälter oder so ähnlich, jedenfalls gab's richtig was auf die Glocke.

Erst später begriff ich, warum die Mädchen mich unbedingt an Bord schicken wollten. Da sie immer wieder „Poliza, poliza" riefen, dachte ich, sie wollten mich grundsätzlich vor der Polizei warnen, doch das interessierte mich überhaupt nicht, schließlich befand ich mich meiner Meinung nach im Recht. In Wirklichkeit wollten sie mir nur verständlich machen, dass dieser Arsch ein Polizist in Zivil war. Auf alle Fälle dachte ich nicht im Traum daran, abzuhauen und mir den Abend versauen zu lassen. Und so gingen Siggi und ich mit den Mädchen in ihre Casas.

Danach ging alles sehr schnell. Die Tür zum Zimmer flog auf, zwei Uniformierte stürzten rein, einer riss das Fenster auf, der andere die Bettdecke weg, dann warfen sie meine Sachen auf die Straße. Im ersten Moment wollte ich sofort etwas dagegen tun, doch mein Verstand warnte mich. Denn normalerweise sind Beamte in Südamerika nicht so mutig, mit nur zwei Mann einen Krieg mit Seeleuten anzufangen. Also blieb ich ruhig. Sie stießen mich durch die Tür, und tatsächlich, links und rechts neben der Tür standen jeweils drei Typen mit Hartholzknüppeln. Sie hatten nur auf den geringsten Widerstand von mir gewartet.

So wurde ich, relativ unbeschadet, nackt auf die Straße befördert. Inzwischen waren überall die Fenster offen, dafür hatte schon Rita, oder wie auch immer sie hieß, mit ihrem Geschrei gesorgt.

Was für ein Hallo! Unter Applaus und Anfeuerungsrufen von Nutten und Seeleuten zog ich mich theatralisch an. Mann, hab ich die Show genossen. Noch! Danach wurde ich abgeführt. Zum Glück hatte mein Freund Siggi alles beobachtet. Nicht auszudenken, was passiert wäre! Die hätten mich fertiggemacht und verrotten lassen. Dieses Schicksal ist einigen Seeleuten zuteilgeworden.

Ich wurde durch ein großes Tor, keine Ahnung, wie viele blaue Flecken ich zu diesem Zeitpunkt bereits hatte, in einen halb überdachten, schwach beleuchteten Hinterhof gestoßen. Zwei Polizisten öffneten ein schweres, in den Boden eingelassenes Stahlgitter, daneben lag eine circa drei Meter lange Leiter.

Sie machten sich erst gar nicht die Mühe, die Leiter hinunterzulassen, ich würde einfach in die dunkle Öffnung gestoßen. Alles an mir spannte sich an und ich bereitete mich auf einen harten Aufschlag vor. Der kam dann auch.

Krachend warfen sie das Gitter über mir zu und schlossen ab. Ich hörte die Bullen noch lachen, als sie sich entfernten. Ein Scheißgefühl! Stockdunkel. Wegen der Überdachung fiel kein Licht durch das Gitter. Es stank bestialisch. Ich vernahm Schnarchen und Flüstern. Nach einer Weile gewöhnten sich meine Augen ein wenig an die Dunkelheit. Meine Nase hatte nicht dieses Glück.

Schemenhaft konnte ich zusammengekauerte Gestalten, die an den Wänden lagen, erkennen.

Als kluges Kerlchen sagte ich mir sofort: „Junge, du sitzt in der Scheiße!" Da es idiotisch war, unter den Gittern zu stehen, mir außerdem alle Knochen wehtaten, suchte ich im Dunkeln nach einem Ruheplatz auf dem harten Boden. Überall bekam ich einen Tritt, von Flüchen begleitet.

Endlich fand ich ein freies Eck. Am nächsten Morgen wusste ich, warum es frei war. Es handelte sich um die Pissecke!

Fünf Tage und Nächte kämpfte ich da unten ums Überleben. Man holte mich zu keinem Verhör, niemand wollte da oben etwas von mir. Ich bin sicher, wenn Siggi das Geschehen nicht gemeldet hätte, wäre ich Geschichte geworden.

Über den Schiffsagenten wurde ich dann doch noch ausgegraben. Wie ich später erfuhr, wurde meine „Verhaftung“ zunächst abgestritten.

In diesem Loch saß vom Dieb bis zum Mörder alles. Überlebt habe ich nur, weil die Typen herausbekommen haben, dass „mein Opfer“ ein Bulle war, dadurch gewann ich etwas Anerkennung. Trotzdem musste ich um das Wasser und das bisschen Essen kämpfen, das einmal am Tag runtergelassen wurde, wenn ich nicht verdursten oder verhungern wollte.

Ein Esso-Fass war das „Scheißklo“. Es wurde einmal am Tag in die Mitte geschoben, eingepickt und zum Ausleeren nach oben gezogen. Müßig zu schreiben, wer es in die Mitte schieben musste. Wehmütig dachte ich an Karlsham/Schweden.

Nach einer Woche holten sie mich raus. Die sogenannte Strafe, ich nenne es Schmiergeld, von 500 Dollar sowie 200 Dollar für Übernachtung und Verpflegung wurden mir später von der Heuer abgezogen.

Gott, muss ich gestunken haben. Alles flüchtete vor mir, als ich die Gangway hochkam. Ich ging nach achtern, zog die stinkenden Klamotten aus und steckte sie in die Mülltonne. Unser asiatischer Wäscher hätte eher Harakiri begangen, als dieses Bündel zu waschen. Danach sprang ich kopfüber ins Hafenbecken, schwamm eine Runde ums Schiff und ging duschen. Eine Tube Shampoo und zwei Würfel Seife mussten dran glauben, dann aß ich ein ganzes, mit Fleisch belegtes Brot, trank eine halbe Kiste Bier und schlief zwei Tage.

HEIMFAHRT MIT DOORNKAAT

Auf der Rückfahrt nach Hamburg feierten wir Heiligabend. Schon vor Antritt der Reise hatte der Koch einen Tannenbaum im Kühlraum gebunkert. Die Feier selbst wurde zu einem Balanceakt, denn der Atlantik zeigte sich von seiner unfreundlichen Seite. Alle, bis auf die Wache, einschließlich Kapitän waren in der Mannschaftsmesse versammelt. Bedingt durch die raue See, fiel das Fest sehr kurz und traurig aus. Wir sangen ein paar Weihnachtslieder und stießen mit dem vom Alten spendierten Sekt an. Der Koch überreichte mir eine Original-Rumflasche aus meiner Bar in Port Lemon mit einem Zettel dran: „Danke!“ Danach liefen alle auseinander. Siggi musste auf Wache und ich ging in meine Kabine. Dort fand mich Siggi, ich hatte den schlimmsten „Moralischen“ während meiner gesamten Fahrtzeit, auf dem Boden mit einer Alkoholvergiftung liegend. Um mich herum lagen zweieinhalb leere Flaschen Doornkaat.

ABSCHIED AM KIEZ

Nun ist es nicht so, dass man, im Heimathafen festgemacht, zwangsläufig abmusterte. Im Gegenteil, jeder Kapitän, auch die Reedereien wünschten sich, mit der eingefahrenen Mannschaft wieder auszulaufen. In der Regel war es auch so. Ich jedenfalls war ein unruhiger Geist und suchte immer das Neue. Neues Schiff – neuer Törn.

An dieser Stelle möchte ich darauf hinweisen, dass ich auf wesentlich mehr Schiffen gefahren bin, als im Buch angegeben. Um Wiederholungen zu vermeiden, konzentrierte ich mich auf die interessantesten Fahrten.

Mein Freund Siggi war ähnlich gestrickt. Mit unseren Seesäcken gingen wir von Bord. Auf dem Kiez zogen wir von Seemannskneipe zu Seemannskneipe. Irgendwann verloren wir uns aus den Augen. Sehr traurig holte ich morgens meinen Heiermann aus dem Schuh, aß meine Frikadelle und trank mein Bier.

DIE AUSZEIT

Es war gesetzlich festgelegt, dass ein Seemann der Handelsmarine nicht zum Militärdienst eingezogen werden konnte. Man durfte nur seine Fahrzeit nicht länger als zwei Monate unterbrechen. Diesen Fehler leistete ich mir. Hatte nicht mit der Genauigkeit der dafür zuständigen Behörde gerechnet. Prompt hatten sie mich am Haken. Natürlich wollten sie mich zur Marine stecken. Das aber wiederum will kein „echter Seemann". Dem konnte ich also nur entgehen, wenn ich an die 18-monatige Wehrpflicht ein halbes Jahr anhängte. Schweren Herzens tat ich das und meldete mich zu den Fallschirmjägern.

Über diesen Lebensabschnitt könnte ich ein separates Buch schreiben (denke darüber nach).

Stellvertretend eine Geschichte, weil sie schicksalshaft und indirekt mit der Seefahrt verbunden ist.

Während der Grundausbildung wurde selektiert. Je nach Eigenschaften wurden die jungen Männer den Einheiten der Fallschirmjäger-Division zugeteilt. Ich kam in eine spezielle Kampfeinheit. Vier andere und ich wurden mit einem Unimog in diese Kaserne gebracht. Als wir vorfuhren, war gerade Antreten vor dem Kasernengebäude. Wir fünf mussten uns abseits in Wartestellung begeben, während der Kompanie-Feldwebel die Anwesenheit überprüfte. Dabei las er die Namen einzeln laut vor, der Genannte antwortete dann mit einem lauten „Hier!". Plötzlich hörte ich den Namen Siggi J. Der kam mir vertraut vor. Dann hörte ich die Stimme "Hier!". Die kam mir sehr vertraut vor. Kurz – es war Siggi! Wir waren wieder auf einem Schiff (wenn auch fest verankert) vereint. Ich hatte, dem Schicksal sei Dank, einen Leidensgenossen. Und wir genossen das Leiden (sehr harte Zeit). Aber wie bereits erwähnt, das wäre ein anderes Buch.

Siggi wurde drei Monate vor mir entlassen und schnürte sofort wieder seinen Seesack. Wir schworen uns, dass wir nach meiner Entlassung wieder zusammen fahren würden. Dieses Mal blieb es bei dem Schwur.

NEUSEELAND – FIDSCHI-INSELN – SÜDSEE

Auf der letzten Fahrt hatte ich nichts gespart. Da ich sowieso nicht wusste, wohin, schenkte ich mir den Urlaub. Das Seefahrtsamt bot mir einen Frachter mit wirklich langer Fahrt an. Erst Neuseeland, dann Fidschi-Inseln, danach Südsee. Über sechs Monate unterwegs. In dieser Ecke war ich noch nicht, also heuerte ich auf der MS „H.", 10.000 BRT, an. Vier Tage Wartezeit, was soll's, machte ich eben Urlaub auf dem Kiez. Obwohl ich es langsam anging, war ich nach zwei Tagen pleite. Also machte ich in der Washington-Bar fest. Mit meinem Heuervertrag in der Tasche konnte ich auf Ziehschein weiterfeiern. Auch dieser Frachter hatte schon eine Nase, Aufbauten achtern, McGregor-Luken und Drehkräne. Das Deck besetzt, ausgenommen die Offiziere, mit vier deutschen Seeleuten, dem Bootsmann, mir und zwei Leichtmatrosen. Die anderen Matrosen Spanier und Portugiesen. Das Mittelmeer war ruhig. Auch im Roten Meer konnten wir fleißig zutörnen. Im Indischen Ozean ging es schon anders zu. Im Großen und Ganzen trotzdem eine ruhige Überfahrt. Die Spanier waren keine Partytypen, überhaupt tat sich in dieser Hinsicht nicht viel. Der Bootsmann, Zimmermann, kurz Timmy genannt, und ich saßen ab und zu beieinander. Das war's. Die Wellen bei Sturm im Indischen sowie im Pazifischen Ozean kamen mir größer und stärker vor. Im Ausgleich dazu waren die Stürme wärmer.

Nach fünf Wochen machten wir in Wellington fest. Wellington, eine Großstadt wie überall in der modernen Welt. Neuseeland, vielleicht das schönste Land auf Erden. Leider habe ich nicht viel vom Land selbst gesehen, deshalb gibt es darüber auch nichts zu berichten. Anschließend ging es über die Fidschi-Inseln nach Hawaii und zurück nach Hamburg. Sieben Monate unterwegs, deshalb wird sich jeder fragen, warum es über diese Reise so wenig zu erzählen gibt. Es gibt bestimmt Seeleute, die allein über diese Route ein Buch schreiben könnten, bei mir ist es nicht so, es war einfach nicht mein Fall. Die Besatzung stimmte nicht, wahnsinnslange Überfahrten und alles schweineteuer. Natürlich war ich auch dort nachts unterwegs, aber so viel „overtimes" konnte ich auf

See gar nicht machen, um auf den US-Dollar verseuchten Inseln richtig Spaß zu haben. Da halfen mir meine blonden Haare und meine blauen Augen auch nicht weiter. Selbstverständlich war es geografisch ein Traumtrip. Nie habe ich Schöneres gesehen.

Man könnte beim Lesen auf den Gedanken kommen, die Seeleute fuhren in der ganzen Welt herum und haben nur Bars und Puffs gesehen. Ist natürlich nicht der Fall. Klar habe ich die herrlichen Hänge in Ostasien gesehen, die Copacabana in Rio, saß am karibischen Strand, trank Bier und hörte die Klänge der „steel drums“ in Trinidad oder lag einfach nur faul im schneeweißen Sand der Südsee, sah die bizarren, vulkangeformten Inseln, überwachsen mit farbenprächtigen Urwaldlandschaften, bewunderte die nackten Taucher, die minutenlang im Meer verschwanden, um nach Perlen zu tauchen oder Schwämme zu schneiden, oder Männer, die von ihren Katamaranen aus ihre Netze ins Meer warfen.

So könnte ich seitenlang die Schönheiten der Welt farbenprächtig niederschreiben. Auch den Karneval in Rio oder die Christusfigur am Zuckerhut sowie die donnernden Niagarafälle, nicht zu vergessen die Hula-Mädchen mit ihren Blumenkränzen und Baströckchen. Doch ich habe mich nun mal entschlossen, als Seemann eine Seemannserzählung zu schreiben und kein Reiseerlebnis eines Touristen. Sorry. Halt, einen Joke hab ich noch von dieser Fahrt. Wir lagen im offenen Seehafen von Hawi/ Hawaii. Es war Donnerstag, Seemannssonntag, da gab es immer Eier nach Wunsch zum Frühstück. Rühreier aller Arten, Spiegeleier usw. Ich bestellte mir „zwei Dutzend“ Rühreier mit Shrimps, eine Inselspezialität. Mann, hat das geschmeckt. Es war ein Traumtag. Wir hatten in jedem Hafen außenbords Farbarbeiten zu erledigen. Als Matrose gebührte mir die Neubeschriftung des Schiffsnamens. So saß ich mit meiner Farbe auf der Stellage, neben mir hing die Lotsenleiter. Da die Hälfte bereits fertig war, wurde ich mit der Stellage versetzt, als ich plötzlich den Drang verspürte, aufs Klo zu müssen. Da die Lotsenleiter noch an der gleichen Stelle hing wie vorher, konnte ich sie nicht mehr erreichen. Der Blödmann von Leichtmatrose, der als Handlanger in meiner Nähe bleiben sollte, musste sich irgendwo zu einer „smoke time“ zurückgezogen haben und hörte mein flehendes Rufen nicht. Der übermächtige

Druck war inzwischen nicht mehr auszuhalten, also entschloss ich mich zu handeln. Balancierend stand ich auf der schwankenden Stellage und hechtete zur Lotsenleiter, die Stellage gab zur Seite nach und nur mit Mühe und einer Hand erreichte ich den Tampen der Leiter. Die Anstrengung des Oberkörpers war so groß, dass er unten nachgab. Auf gut Seemännisch gesagt, „mir lief die Scheiße die Beine runter“. Die Fidschi-Eier, die wir dort gebunkert hatten, müssen wohl schon Federn gehabt haben. Mann, war mir das peinlich. So wollte ich garantiert nicht über Deck laufen, also ließ ich mich rücklings ins Wasser fallen. Zuerst entledigte ich mich der Shorts und säuberte mich, dann schwamm ich auf die andere Seite des Schiffes zum Floß, wo die Spanier arbeiteten und kletterte nackt zu ihnen aufs Floß. In meinem ganzen Leben habe ich noch nie so fassungslose Spanier gesehen. Den Rest spar ich mir

Mann, Mann, Mann! So lange hatte noch nie eine Reise gedauert. Geblieben war mir nichts, wie immer! Ich hatte mir zu viele Vorschüsse an Bord geholt, der Rest ging als Ziehschein an die Washington-Bar. Ich spielte schon mit dem Gedanken, Mitglied der Ohrringgang zu werden.

Seeleute, die sich organisiert hatten. Das System denkbar einfach. Die eine Hälfte fuhr zur See und schickte Ziehscheine an die anderen, die davon lebten, und umgekehrt, sozusagen eine Freimaurerbruderschaft zur See. Ihr Erkennungszeichen war ein Ohrring. Keine Ahnung, ob es sie wirklich gegeben hat. Kennengelernt hatte ich keinen.

TANKER AHOI

Als die Kohle niedergebrannt und alle Südseesouvenirs versetzt waren, sagte ich mir, du musst jetzt mal richtig anschaffen, und da gibt's bei der Seefahrt nur eine Möglichkeit, die Tankerfahrt. Durchs Seefahrtsamt bekam ich einen Vorstellungstermin im Personalbüro der Esso-Reederei. Da ich erst am nächsten Vormittag um 9 Uhr antanzen sollte, machte ich mit ein paar Kümo-Matrosen noch einmal einen so richtig drauf. Danach hatte ich nicht einmal mehr Geld fürs Stella Maris. Wir hatten schon November und es war lausig kalt. Früher schlief ich in solchen Situationen auf dem Autofriedhof von Altona in einem Autowrack, das noch Sitze und Fenster hatte. Doch seitdem mal ein Penner unentdeckt mit in die Autopresse geworfen wurde, kam dieses Domizil für mich nicht mehr infrage. Die zündende Idee kam mir, als ich Richtung Hafen am Hamburger Michel vorbeilief. Da stand nämlich eine volle Streusandkiste, auch ich war voll und müde. Also packte ich mich da hinein. Gegen Morgen wollte ich nach dieser traumhaften Nacht wieder raus, schließlich hatte ich um 9 Uhr mein Vorstellungsgespräch. Zur gleichen Zeit war Fußgänger-Berufsverkehr. In der Nähe lag die U-Bahn-Haltestelle. Peinlich, peinlich, doch ich musste aus der Kiste klettern. Ich hätte genauso gut aus einem Raumschiff steigen können, das hatten selbst die hartgesottenen Hanseaten noch nicht gesehen. Als sei es das Selbstverständlichste von der Welt schloss ich den Deckel, klopfte mich sorgfältig ab und ging, die Leute freundlich anlächelnd, Sand verstreuend, zur U-Bahn. Nicht einmal den gewohnten Frühstücks-Heiermann hatte ich mehr.

Also fuhr ich schwarz und stieg in der Nähe der alten Esso-Heuerstelle aus. Im Vorbeilaufen sah ich durchs Abteilfenster, wie eine ältere Frau schimpfend Sand vom Sitz putzte, bevor sie sich setzte. In einer öffentlichen Toilette wusch ich mir noch Gesicht und Hände. Dann stellte ich mich vor. Das Gespräch war absolut positiv, schließlich war ich ein hervorragender Seemann. So weit, so gut. Nun wollte er mein Seefahrtsbuch sehen. Siegessicher langte ich in meine Seitentasche, holte es heraus und legte es mit einer Fuhre Sand auf seinen Schreibtisch.

Ich hatte noch nie so überraschte Augen gesehen. Was sollte ich sagen? Dass wir Winter haben und ich vorsichtshalber meinen eigenen Streusand mit mir herumtrage? Nein! Ich sagte gar nichts. Ich tat so, als ob es gar kein Kilo Sand auf seinem Schreibtisch gäbe. Lächeln hat mir schon neben der Sandkiste geholfen, also tat ich das wieder.

Es war eine idiotische Situation. Leicht verstört lächelte der nette Mann zurück und bat mich dann, draußen zu warten. Wahrscheinlich wollte er sich bei anderen Reedereien über mich erkundigen. Nach ungefähr einer halben Stunde rief er mich wieder rein.

Der Schreibtisch war inzwischen sandfrei. Neben meinem Seefahrtsbuch lag ein Vertrag. Die Hinterfragung war also positiv verlaufen.

Er reichte mir einen Stift. Als ich mich über den Vertrag beugte, um zu unterschreiben, rieselte Sand aus meinen Haaren. Ohne darauf zu achten, unterschrieb ich schnell und legte, immer noch lächelnd, den Stift zurück. Nun lächelte er ebenfalls und gab mir Instruktionen, Spesen, ein Flugticket nach Port Prega/Persischer Golf und die Hand. Der muss auch einmal Seemann gewesen sein!

WIE EINE FREMDE WELT

Alles war anders, neu für mich. Das merkte ich gleich, als ich aus dem Flugzeug kam. In wenigen Sekunden war ich klitschnass. Man hatte das Gefühl, mit Klamotten in der Sauna zu stehen. Irgendjemand sagte mir, es seien 45 Grad im Schatten, nur dumm, dass es keinen Schatten gab.

Dieses Schiff, der Turbinentanker ESSO D., einfach gigantisch. Ein 40.000-Tonner. Schon von Weitem wirkten diese Riesen wie Monster, aber aus der Nähe, „madre de dios", ebenso das Drumherum. Eigene Kammer mit Klimaanlage, Radio, Dusche und WC, Messe, Aufenthaltsraum, Bibliothek, Tischtennisraum und Kino, auf dem Schornsteindeck ein Swimmingpool. Die seemännischen Aufgaben beschränkten sich auf die nautische Wache, ansonsten nur Waschen, Rostarbeiten und Anstreichen sowie das Allerschlimmste, Tankreinigung.

Noch am selben Abend verließen wir des Teufels Backstube, Löschhafen Bombay/Indien. Tankerfahrt – keine Tour für Alkoholiker. Es gab nur zwei Flaschen Bier pro Tag. Das ging auch voll in Ordnung. Die Gefahren auf so einer tickenden Zeitbombe waren sehr groß. Da fällt mir spontan eine Sache ein.

Ein Steward kam von Land zurück, er hatte sich volllaufen lassen. Wir bekamen gerade Jet-Benzin geladen. Der Bootsmann und ich standen an Deck bei einem Tank, der Sichtdeckel zum Tankraum war aufgeklappt. Wir bemerkten nicht, dass der Kerl eine Tabakspfeife in der Hand hielt, lallend blieb er bei uns stehen und wollte uns ein Gespräch reindrücken.

Plötzlich klopfte er seine Pfeife auf den Rand des Sichtdeckels. Der besoffene Arsch wollte tatsächlich seine Pfeife ausklopfen. Ich wurde sofort zu Lots Weib, Gott sei Dank der Bootsmann nicht. Mit einem wuchtigen Schlag beförderte der Bootsmann ihn aufs Deck. Wenn nur ein bisschen vom Pfeifeninhalt in den Tank gefallen wäre, so wären wir noch vor den Amis mit unserem Tanker auf dem Mond gelandet.

Das mit dem Alk wurde allgemein nicht als schlimm empfunden, ich erwähnte es bereits, der echte Seemann war kein Sucht- sondern ein Spaßtrinker. Wir haben die Tagesration, zwei Bier, aufgespart und wenn es einen Anlass gab, zusammengelegt und gefeiert. Da keiner echten Scheiß baute, wurde das von der Brücke aus stillschweigend geduldet.

Der einzige wirkliche Nachteil der Tankerfahrt – die Liegezeiten. Die gab es nämlich nicht. Die längste, im Schnitt 16 Stunden. Wenn man Glück hatte, legte man spätnachmittags an, so hatte man, Freiwache vorausgesetzt, eine Nacht Landgang. Oft kam es aber vor, dass man draußen auf dem Meer durch Pipelines gelöscht wurde. Dafür war, wie bereits erwähnt, das Ambiente erste Klasse und man verdiente richtig Kohle.

Noch ein Vorteil der ESSO-Fahrt, egal wo man lag, in welchem Hafen man sich befand, Persien oder Venezuela usw., nach vier Monaten wurde man abgelöst und konnte dann zwei Monate bezahlten Urlaub machen.

In Bombay hatte ich dieses Glück. Einlaufen 19 Uhr im Tankerhafen und Freiwache.

Dem folgenden Erlebnis möchte ich vorausschicken, dass das in Bombay Ende der 60er-Jahre passierte. Das jetzige Bombay kenne ich nicht und hat sich sicherlich zum Positiven verändert.

Während meiner Freizeit hatte ich, besonders in Brasilien, sehr viel Armut und Elend gesehen. In den Häfen und vor den Häfen, an den Hängen, Slums mit Tausenden von Elendshütten, aus Brettern zusammengenagelt. Immer wenn wir an diesen Slums vorbeifuhren, begleiteten uns die Bewohner in Kanus und riefen „Madera, madera“. Sie bettelten um Abfallbretter, die auf Schiffen oft zum Absichern von Ladungen verwendet wurden. Es schockierte mich jedes Mal, aber was ich in Bombay sah und erlebte, übertraf alles. Über dem Hafen auf grün angelegten Hügeln millionenschwere Villen, darunter im dreckigen Nichts Elendsbauten aus Lumpen und zerrissenen Tüchern, nicht einmal Brettern. Aber das Allerschlimmste waren die Bettelkinder, die verkrüppelten Bettelkinder. Ich konnte überhaupt nicht verstehen, wie man so verkrüppelt werden kann. Es entstand der Eindruck, als seien sie von einem Zug überfahren worden. Ein Inder, den ich später kennenlernte, erklärte mir, dass diesen Kindern schon als Babys die noch weichen Glieder von ihren Eltern verbogen oder sogar gebrochen wurden, damit sie zum Betteln geschickt werden konnten.

Auf dem Weg ins Vergnügungsviertel verwunderten mich zwei Dinge: Erstens, vor jeder Seitenstraße stand eine zweirädrige Schubkarre mit Ornamenten, kunstvoll verziert. In den Seitenstraßen, vor den geschlossenen Geschäften und Häusern, lagen auf Bastmatten abgemagerte, Gespenstern ähnlich sehende Menschen und schliefen. Ich fragte mich, was es wohl mit diesen Karren auf sich hatte. Am nächsten Morgen wusste ich es. Es war 4 Uhr früh, als ich mit einem Seemannskollegen die Bar verließ. Eine Zeit, in der noch kein Tourist, sondern nur Seeleute unterwegs sind. Wir wollten an Bord zurück. Da sahen wir die Karren in Aktion. Vier Mann waren unterwegs, an jeder Deichsel einer, die beiden anderen gingen von einer Seitenstraße auf die andere Seitenstraße und traten die Liegenden mit Füßen. Wer sich nicht mehr rührte, wurde aufgehoben und in den Karren geworfen. Die grausige Fracht mit den höchstwahrscheinlich Toten wurde dann wer weiß wo entsorgt. Möglicherweise verbrannt. Es war das erste Mal, dass ich nach einem Landgang gern an Bord ging.

Es klang wie Glockenläuten in meinen Ohren, als bekannt wurde, dass wir in die Karibik fuhren. Das Klingeln verstärkte sich, als ich den Zielort erfuhr: Venezuela, den Orinoco hoch nach Carabito.

Nach dem Löschen wurden zunächst die Tanks im Tanker gereinigt. Dabei wurden als Erstes, noch im Hafen, von einer Spezialfirma die Tanks mit Heißdampf gereinigt und die Schlacke in Shitboote gepumpt. Wir waren nach dem Auslaufen dran. Auf Stahlleitern ging es nach unten in den Tankraum. Diese Räume waren gigantisch. Die Arbeit das

Dreckigste, was ich je gemacht hatte. Zwei Mann schaufelten den Restschmutz in Eimer, der dritte holte sie mit einer kleinen Winsch nach oben. Jede Stunde wurde die „shit-Gang“ ausgewechselt, das gab 5 Mark extra die Stunde. Irgendein Tankermatrose sagte einmal, dass diese Arbeit impotent mache. Meine größte Sorge wurde von nun an der Gedanke, dass dies stimmen könnte.

Es war schon ein gewaltiger Unterschied zum Frachter bei Schlechtwetter. Bei Windstärke 6 spielten wir noch Tischtennis, Sport Nummer eins an Bord. Wir spielten richtige Meisterschaften aus. Essen vom Feinsten, dreimal täglich warm, Nachschlag bis zum Abwinken, zweimal in der Woche Kino, die neuesten Hollywoodschinken auf Englisch, der Pool auf dem Schornsteindeck, fünf Meter lang, drei Meter breit, 1,60 Meter tief, zwar mit Meerwasser gefüllt, aber absolut erfrischend, und trotzdem, Leute, mit der Seefahrt, wie ich sie kannte, hatte es nichts zu tun. Ich fühlte mich erst wieder wohl, als ich die Küste Venezuelas sah. Für diesen Augenblick hatte ich mir zwölf Flaschen Becks aufgehoben. In meiner Freiwache setzte ich mich achtern auf einen Poller und drückte Harry Belafonte in meinen Kassettenrekorder. Danach begann ich mit dem Bau meiner eigenen Becks-Straße.

Im Orinocodelta sollten wir den Lotsen vom Lotsenboot an Bord nehmen. Vom offenen Meer her blies ein guter Wind, sodass sich das Wasser im Orinoco auch ganz schön bewegte. Der Lotse verlor den Halt und stürzte ins Wasser. Unser bekloppter Leichtmatrose wollte gern ein Held sein, sprang hinterher, um den Lotsen zu retten. Zum ersten Mal in seinem Leben in bewegter See, bekam er Muffensausen, laut schrie er um Hilfe. Gott sei Dank konnte der Lotse besser schwimmen und rettete ihn.

Nachdem die Becks-Straße konkurrenzlos gesiegt hatte, ging mein moralischer Pegel in den roten Bereich, glücklicherweise gab es keinen Doornkaat an Bord.

Und wieder fuhr ich den Orinoco hoch. Die gleichen Düfte, die gleichen Regengüsse, die gleiche hohe Luftfeuchtigkeit, das gleiche Gedöns der

Brüllaffen, die Alligatoren mit offenen Rachen auf den gleichen Sandbänken mit den badenden Kindern in ihrer Nähe und last but not least die gleichen farbenprächtigen Schmetterlinge. Es war, als wäre die Zeit stehengeblieben. Aber halt! Ich war nicht mehr der Gleiche. Die Feuerattacke der „Höllenlinge" hatte ich nicht vergessen, schließlich lernt man dazu. Klug wie ich nun war, hatte ich vorgesorgt. Den Moskitos und verseuchten Schmetterlingen wollte ich's zeigen. Beim Koch besorgte ich mir eine kleine Spraydose Paral-Konzentrat. Überall sprühte ich mich ein. Beine, Arme, Brust und Rücken.

Von dem Viehzeug wurde ich verschont, aber dafür ging mir von dem Paral die Pelle ab. Ich sah aus, als wäre ich eine Woche nackt durch die Sahara gelatscht. Automatisch stellte sich mir die Frage, was schlimmer war, der Schmetterlingsstaub oder das Eau de Toilette von Paral!

In Carabito habe ich freiwillig die Wache übernommen. Erstens wollte ich mir keinen Tripper mehr einfangen, zweitens wusste ich nicht, wem auf dem Tanker ich ein venezolanisches Hängebauchschwein unterjubeln könnte. Abgesehen davon sah ich aus wie eine gehäutete Bratwurst.

Auf der Überfahrt nach Hause bekamen wir wieder mal gewaltig einen auf den Sack.

DIE GEWALT DER WELLEN

Wie stark und gewaltig Wellen sind, wusste ich bereits, aber auf dem Tanker machte ich eine vollkommen neue Erfahrung. Diese Schiffe sind so wuchtig gebaut, es sind schwimmende Klötze. Während sich der schlanke Frachter durch die Welle schneidet, durchbricht sie der plumpe Tanker, besonders wenn er beladen ist und die Bordwände nur einen Meter aus dem Wasser ragen. Bei schlechtem Wetter prallten zwei Giganten aufeinander. Einmal sah ich von der Brücke aus, als der Tanker in einen Brecher reinknallte, wie die Verschanzung vorn am Bug einknickte wie der Deckel eines Schuhkartons.

Ein anderes Mal wurde eine fünf Meter lange und zehn Zentimeter dicke, auf Deck angeschweißte Eisenbarriere – ein sogenannter Wellenbrecher – von einer gewaltigen Welle, die auf das Deck knallte, abgerissen und krachte wie eine Granate in die achternen Aufbauten. Zum Glück waren die dort wohnenden Matrosen auf Wache.

Bei schlechtem Wetter öffnete sich ein Sichtdeckel einer Tankluke. Ich hatte Wache und musste runter, um sie zu verschließen. Hinter dem Verbindungsschott, das direkt zum Deck führte, zählte ich die kommenden Brecher ab. Sie rollen stets in den gleichen Abständen über das Schiff. Nachdem der nächste Brecher durch war, öffnete ich das Schott, hakte es ein, rannte zum Tank. Plötzlich hinter mir ein Knall. Ich hatte den Haken vom Schott nicht richtig versenkt, das Schott war zugefallen. Da es sich von außen nicht mehr öffnen ließ, drehte ich schnell den Deckel dicht, die rettenden Aufbauten der Leeseite konnte ich nicht mehr erreichen, also warf ich mich auf die Sprossen der Eisentreppe, die hoch zum Gangbord führte und klammerte mich fest.

Dann kam er, nur für mich und extra groß. Ich hatte das Gefühl, meine 184 Zentimeter wurden in 30-Zentimeter-Abständen durch die Treppe gepresst. Ich hatte keine Lust, den Widerstand meines Körpers bis zur Leistungsgrenze zu testen, und quälte mich mit letzter Kraft nach oben.

Es ging mir eine Zeit lang gar nicht gut, aber ich habe die Kraft der Wellen am eigenen Körper kennengelernt.

Nach sechs Wochen Urlaub in Württemberg, bei meiner Schwester, die nach dem Tod meines Vaters zur Ersatzstation wurde, machte ich meine letzte Tankerfahrt. Diesmal nicht des Geldes wegen, nein, als Seemann bin ich auf dem kleinsten Schiff, Kutter-Seitenfänger, gefahren, deshalb wollte ich auch einmal auf dem damals größten einsteigen. Also ging ich in Rotterdam an Bord der ESSO „D.L.“, ein 100.000-Tonnen-Tanker. Gigantismus, wo ist deine Grenze?!, mein erster Gedanke. Mein zweiter, wenn der voll beladen auf See auseinanderbricht, würde uns das Meer dies niemals verzeihen. Auch mit diesem Tanker fuhr ich Persischen Golf, Nordamerika, Südamerika, Afrika. Es war das einzige Schiff meiner Seemannslaufbahn, mit dem ich nicht ein einziges Mal an Land war.

Es wurde stets auf See geladen oder gelöscht. Grundsätzlich war es wie auf der ESSO „D“, nur alles drei Nummern größer. Tischtennis wurde sogar noch bei Windstärke 8 gespielt. Noch etwas anderes beeinflusste die Situation an Bord. Mein Beliebtheitsgrad bei den Besatzungsmitgliedern, besonders in der Patentabteilung, hielt sich sehr in Grenzen. Unter dem Feudelgeschwader, den Stewards, befand sich auch eine junge Frau, eine Engländerin. Eigentlich war sie für die Offiziersmesse zuständig, doch gekümmert hat sie sich lieber um mich. Dreimal bin ich auf Tankern im Persischen Golf eingestiegen, diesmal kam ich in den Genuss, dort abgelöst zu werden.

DER SEGLER

Aus der Tankerfahrt hatte ich noch einen anderen großen Nutzen gezogen. Schon während meiner Lehrzeit auf den Frachtern wurde mir von den Offizieren klargemacht, dass ich mit meinem Handelsschulabschluss kein großes Patent A1 oder A2 machen könnte. Deshalb begann ich irgendwann über einen Hamburger Fernlehrkurs den zweiten Bildungsweg, den ich auf dem Tanker abschließen konnte. Auf der Seefahrtschule Finkenwerder erfuhr ich, dass die Wartezeiten, es gab nur diese einzige Seefahrtschule, bis zu zwei Jahren betragen konnten; trotzdem ließ ich mich vormerken.

Wieder im Stella Maris ging ich aus alter Gewohnheit an die Pinnwand. Dort hingen immer Vakanzen für Seeleute. Eine Nachfrage fiel mir sofort auf.

„Matrose für Segelschiff ‚Schonerbark Mittelmeerfahrt' gesucht".

Darunter in Größe einer Postkarte ein Farbfoto des Seglers. Im wahrsten Sinne des Wortes: ein Bild von einem Schiff.

Ich nahm das Angebot von der Pinnwand, um jegliche Konkurrenz zu vermeiden, und setzte mich mit dem zuständigen Menschen in Verbindung. In einem Café traf ich mich mit einem Vermittler des Eigentümers, eines Fabrikanten aus Berlin. Mein Seefahrtbuch muss ihn sehr beeindruckt haben, vielleicht gefiel ihm auch meine Art. Keine Ahnung, was den Ausschlag gab, jedenfalls hatte ich eine Stunde später einen Heuervertrag und ein Ticket nach Barcelona. Dort lag der Segler auf dem Trockendock. Fünf Stunden stand ich vor meinem neuen Schiff. Die Schonerbark „A". So wie sie da vor mir im Trockendock lag, wirkte sie zwar sehr groß, hatte aber mit dem schönen Foto nichts gemein. Klar, die gesamte Takelage war abgebaut, der Lack der Holzaufbauten abgeschliffen, ebenso wie der Rumpf des Schiffes. Aber so ist es nun mal, wenn ein Schiff generalüberholt wird. Zwei Wochen, dann sollte der Segler fertig sein. Zeit genug, mir die Grundkenntnisse der Segelschifffahrt reinzuziehen, dachte ich.

DAS SCHIFF

Gebaut 1887, Teakholz auf Eiche, Länge 45 Meter, sechs Meter Breite, Tiefgang vier Meter, 110 BRT, 780 Quadratmeter Segelfläche. Alles, Segel setzen, Anker, McHand.

Für jeden Seemann ist es ein Glück, heute rückblickend mit Wehmut sagen zu können: „Ich war in den 60ern und 70ern dabei." Für mich kam noch dazu, dass ich auf einem echten Segelschiff als Matrose und Bootsmann unter einem Kapitän, der noch als Decksjunge mit Graf Luckner um Kap Hoorn segelte, fahren durfte. Auch dafür bin ich meinem Schicksal dankbar.

Dabei war mein Einstieg alles anders als positiv. Der Käpten, ebenfalls ein Typ Papendieck, begrüßte mich herzlich wie einen Freund. Eine Natürlichkeit, wie ich sie noch nie bei einem Kapitän kennengelernt hatte. Danach stellte er mich dem Rest der Besatzung vor. Der Dritte, ein A3-Offizier, wurde bald mein Freund. Ein Matrose, ein Leichtmatrose, ein Decksmann und ein Maschinist für den Hilfsdiesel und nun, auch ich. Kein Koch. Ein Koch war nur an Bord, wenn der Eigner mit seinen Partygästen zur Vergnügungsfahrt eintraf. Ich musste lächeln. Schön, dass ich Koch „gelernt" hatte. So konnte ich mich beim gemeinschaftlichen Kochen kreativ einbringen. Knödel hatte ich aber gleich abgehakt, denn als ich fragte, ob sie so etwas mögen, ballte der Alte die Fäuste.

Die Besatzung schlief komplett im Vorschiff. Alles war ein großer Raum, einschließlich Messe und Küche, nur WC und Dusche separat. Der Alte hatte seinen eigenen Wohnbereich. Der großzügige Rest gehörte natürlich dem Eigner. Salon, Schlafraum und Gästekabinen. Nachdem ich meinen Seesack und meine Sachen in die noch übrigen Ritzen geklemmt hatte, ging ich mit dem anderen Matrosen, Pit aus Düsseldorf, in die Stadt. Das Dock lag ziemlich außerhalb, das machte ein Taxi zwingend notwendig. Wir gingen essen und klapperten ein paar Bars ab. Total ernüchterndes Großstadtflair. Nix mit „grande pistola" oder „vamos para mi casa". Also zogen wir uns die Miguels rein und wollten gegen Mitternacht wieder zurück an Bord. Erstes Problem: Taxi. Fast unmöglich. Zu viel Nachfrage, zu wenig Angebot. Gegen ein Uhr wollte ein Taxi neben uns halten. Zwei Spanier drängten sich vor, das machte mich stinksauer und der Streit fing an. Dem Taxifahrer wurde das zu blöd, er fuhr weiter und ließ andere einsteigen. Das wiederum machte mich richtig sauer. Einen der Spanier ebenfalls. Mein Kollege Pit aus Düsseldorf, das feige Schwein, entfernte sich diskret. Was sich allerdings, ähnlich wie in Victoria/Brasilien, später als nützlich erwies. Der Torero hatte plötzlich ein Messer in der Hand, ich versorgte mich aus der Mülltonne mit einer Fischkonserve. Es ging kurz zur Sache, die Fischkonserve gewann. Danach dachte ich, es sei nun doch besser, zu Fuß Richtung Hafen zu gehen.

Allerdings dauerte es nicht lange, da wurde ich von zwei Motorradpolizisten gestoppt. Es war eine fragwürdige Einheit, die damals den Spitznamen „Francos Schlägertruppe" hatte. Ich mache es kurz. Während der eine seine Hand demonstrativ auf die Pistolentasche legte, schlug mich der andere brutal zusammen, danach warfen sie mich auf die Rückbank eines Taxis, plötzlich war eins da, und ließen mich damit zur Wache fahren. Das Taxi musste ich übrigens bezahlen. Sie steckten mich in eine Zelle und ketteten mich, auf dem Steinboden sitzend, an einem Stahlbett an. Die ganze Nacht über kam einer von ihnen und schlug mir mit dem Gummiknüppel auf den Rücken. Zum Glück hatte mein fliehender Kamerad Pit den Alten informiert. Der löste mich am nächsten Tag aus. Er zahlte die Strafe. Das Geld wurde mir nie in Rechnung gestellt. Nach dieser Nacht schlief ich eine Woche auf dem Bauch. Pit wurde nie mein Freund.

Pünktlich verließen wir Barcelona und nahmen Kurs auf Gibraltar. Das Mittelmeer war leicht bewegt, aber friedlich, es blies ein angenehmer Wind. Beste Gelegenheit für mich, Schiff und Besatzung kennenzulernen. Ständig übten wir Segelsetzen, x-mal am Tag in die Takelage, mein Lieblingsplatz, die oberste Rah am Vormast. An sämtlichen Segelarbeiten, wie Setzen, Einholen, Festmachen, beteiligte sich die gesamte Besatzung, auch Karl, der Maschinist. Der Alte stand ständig im Aktionsbereich und hatte alles hundertprozentig im Griff. Präzise, klare Kommandos.

Es war unheimlich anstrengend, aber es machte wahnsinnig Spaß. Unglaublich, wie schnell man die Handgriffe kapiert.

Wenn man in 20 Meter Höhe Segel einholte oder setzte, wurde einem klar, woher der Ausspruch kam: „Eine Hand für den Seemann, eine fürs Schiff". Es erfüllte mich mit Stolz, mit voller Besegelung an der Mittelmeerküste entlangzusegeln. Die Aufmerksamkeit und Bewunderung gehörte nur uns. Kurz nach Gibraltar brach das Wetter über uns herein. Was für ein Gefühl, wenn man in der obersten Rah die Segel rafft und die Rahspitzen fast das Wasser berühren. Es war höchstens Windstärke 6 und wir hatten größte Mühe, mit Sturmbesegelung und Hilfsdiesel Cadiz zu erreichen.

Zwei Tage später machten wir in Sevilla fest. Es sollten Ersatzteile für den Diesel eingebaut werden. Ein angenehmer Abend. Wir lagen am Flusspier, der Alte unterwegs mit dem Ausrüster, die anderen Kameraden on Tour. Ich hatte keine Lust auf einen weiteren Landgang in Spanien und saß mit Wolf, der Schiffswache hatte, achtern auf den aufgeschossenen Leinen und trank mit ihm ein kühles Bier. Direkt vor unserem Anlegeplatz ging eine Brücke über den Fluss. Ich riss mir gerade eine neue Dose auf, da beobachtete ich einen Mann mitten auf der Brücke, er sah nach links und rechts, dann warf er zwei miteinander verbundene Gegenstände ins Wasser und rannte davon. Kurz darauf hörte ich ein jämmerliches Fiepsen und entdeckte ein kleines Köpfchen, das unter der Brücke aus dem Wasser ragte.

Ich hechtete in den Fluss und schwamm auf das kleine Etwas zu, das wiederum bewegte sich sofort in meine Richtung. Als Wolf mich an Bord zog, hielt ich einen kleinen Hund im Arm. Um seinen dünnen Hals hing eine Drahtschlinge mit einer zweiten Schlinge, in der sich ein Stein oder ein anderer Gegenstand befunden haben musste, der beim Aufprall auf dem Wasser abgegangen war. Der kleine Kerl war höchstens acht Wochen alt. Wie konnte ein Mensch so etwas tun?

Eben verraten worden, schleckte mich dieses kleine Geschöpf ab. Mit stillem Einverständnis des Alten behielten wir den kleinen Hund an Bord. Der Besitzer des Schiffes hat das nicht mal bei seinen kurzen, überraschenden Besuchen mitbekommen. Wegen seiner Farbe nannten wir ihn Whiskey. Später, als Wolf und ich abmusterten, nahm der dritte Offizier ihn mit nach Hause. Unglaublich, aber wir haben es geschafft, den Hund in einer einen Quadratmeter großen Kiste schiffsrein zu bekommen.

Obwohl ich heute einen engen, guten Bezug zu Spanien habe, war ich damals froh, durch Gibraltar im Mittelmeer zum Stammliegeplatz nach Antibes/Cannes zu segeln. Es ist wirklich erstaunlich, wie schnell man lernt, wenn einem etwas Spaß macht. Da das Schiff gerade überholt und fast neu durchs Meer fuhr, gab es an Deck kaum seemännische Arbeiten zu tun. Oberste Priorität des Alten, uns, im Besonderen mich als Neuling, im Segeln fit zu machen. Bis nach Antibes gab es keinen Stopp. Vier Tage und vier Nächte waren wir unterwegs. Nur unter Segeln. Natürlich hatten wir Schlaf- und Freizeit, mit einer normalen Wacheinteilung, wie sie auf den Frachtschiffen praktiziert wurde. Lediglich der Kapitän und der Dritte Offizier gingen einen 6-Stunden-Törn. Besonders spannend verliefen die Nachtübungen. Kurz vor Antibes wurden die Segelmanöver vom Alten mit der Uhr gestoppt. Er war zufrieden und wir bereit. Wofür, fragte ich mich. Die Antwort darauf bekam ich um 14 Uhr bei strahlendem, sonnigem Wetter mit idealem Segelwind, Sichtweite Yachthafen, Einfahrt Antibes.

Während der Reise durchs Mittelmeer begegneten uns jede Menge Frachter, die uns ausnahmslos grüßten und in die Welt hinausfuhren. Karibik, Afrika, Ostasien, wer weiß. Seltsam, aber es machte mich nicht traurig.

Der Alte stand am Ruder mit der Signalpfeife im Mund, alle anderen befanden sich auf ihren zugewiesenen Positionen. Wir hatten es hundertmal auf See geübt, nun wurde es ernst. Mit voller Besegelung fuhren wir in den Hafen von Antibes ein. Am Pier vom Yachthafen standen Hunderte von Schaulustigen – unser Segler war immer eine Attraktion für Yachtmitglieder, ebenso wie für Touristen. Langsam bekam ich Muffensausen. Ich dachte, das kann nie und nimmer gut gehen, ich sah uns schon an Land weitersegeln. Endlich, endlich kam der erlösende Pfiff, wir reagierten und handelten automatisch, so wie wir es tagelang auf See geübt hatten. Es war unglaublich, unbeschreiblich. Nur mit einem kleinen Motorbremser fuhren wir sanft an unseren Anlegeplatz. Riesenstimmung, Applaus. Das Segelschiff war der Star und wir glänzten in seinem Strahl.

Cannes war eine Nummer für sich. Der Reichtum allgegenwärtig. Durch die immer angenehm warme Luft flatterten die Dollarnoten. Die Frauen, mein lieber Herr Gesangverein, man konnte glauben, es fände täglich ein Modelkongress statt, unerreichbar für einen armen Seemann. Sie hätten ebenso auf dem Mond sein können. Obwohl ich bei den vielen Lacostes und Rolex' mit meinem Fruit-T-Shirt und meiner Timex abstach. Es dauerte nicht lange, da hatte jeder begriffen, dass man hier mit gutem Aussehen allein nichts bewirkte. Glatze, dicker Bauch, auf dem „Produzent“ stand, waren favorisiert.

Kein Gedanke daran, wie auf dem Kiez um die Häuser zu ziehen. Da hätte ich ein paar Jahre länger auf dem Tanker verbringen müssen. Billigstes Getränk – Leitungswasser, ein Bier – sieben Mark und das sollte nun für sechs Monate mein Heimathafen sein. Freund Wolf und ich hatten dann doch das Glück des tüchtigen Seemanns. Wir fanden eine Bar von drittklassigem Niveau, in der das Bier nur fünf Mark kostete. Gott war auch ein Seemann, er half den Seinen. Die Bardame, Marokkanerin, um die 30, wurde eines Abends von zwei Landsleuten im Lokal attackiert. Wolf und ich bereinigten die Situation. Für den Rest der Zeit waren wir versorgt. Ich im doppelten Sinn.

Der große Boss aus Berlin kam oft, je nach Laune, unangemeldet. Wir mussten dann immer als erstes Whiskey, unseren Hund, verstecken, und als ob er geahnt hätte, worum es ging, verhielt er sich in dieser Zeit stets ruhig. Einmal, freitagnachts, ein Wunder, dass die Besatzung sich vollständig an Bord befand, gegen zwei Uhr früh, lief der Big Boss in Begleitung seines Assistenten und von drei Schönheiten ein. Er wollte sofort raus. An Deck spürten wir eine frische, leicht feuchte Brise, die von See in den Hafen wehte. Ein erstes Zeichen für ein entstehendes Unwetter im Mittelmeer. Auch da konnte es übrigens sehr schnell gehen. Das Hafenbüro war nicht mehr besetzt, somit hatten wir keine Möglichkeit, uns den Wetterbericht zu holen. Dies gab der Alte zu bedenken, stieß aber auf taube Ohren. Er war viel zu sehr Seemann, um sich mit einer Landratte, noch dazu dem Boss, herumzustreiten. Zwei Uhr 30 liefen wir aus. Im Salon ging es hoch her. Gegen sechs Uhr fing es an, wir waren schon ziemlich weit draußen, die Küste nur noch als dünner Strich zu erkennen. Der Boss und seine Schönheiten wollten an Deck frühstücken, doch das Schiff bewegte sich bereits sehr stark. Es stampfte und kränkte von backbord nach steuerbord. Erst Windstärke vier, dann fünf, bald hatten wir die sechs erreicht. Wirklich viel für ein Segelschiff dieser Größenordnung. Alle drei Frauen kotzten uns an Deck, der Besitzer, der eigentlich, wie behauptet, segelfest war, gab sein Frühstück dazu und verschwand allein in seiner Kammer. Sein Assi hatte das Deck überhaupt nicht betreten. Wir legten den drei Mädels Schwimmwesten an und verfrachteten sie in ihre Kojen. Danach ging es richtig los.

Der Käpten hatte längst Richtung Land gedreht. Sieben bis acht, wir hatten nur noch Notbesegelung. Ich fühlte mich wie auf den Fischkutter zurückversetzt. Unaufhörlich brachen die Wellen über uns herein. Es kam einem lebensgefährlichen Balanceakt gleich, hoch oben die Rahsegel zu raffen und festzubinden. Ein Brecher riss uns die Holzabdeckung des Niedergangs zum Mannschaftsraum ab. Jede Menge Wasser drang ins Vorschiff ein. Irgendwie gelang es uns, die Öffnung mit Segelstoff und einem Stück Persenning notdürftig abzudecken. Während wir das machten, hörte ich unten aus dem Mannschaftsraum Whiskey ängstlich fiepsen und jaulen. Seltsam, aber diese Laute beruhigten mich. Ich hatte plötzlich das sichere Gefühl, dass wir nicht kentern würden, es wäre doch eine grausame Ironie des Schicksals, dass ich dieses kleine Lebewesen aus dem Fluss rettete, damit es im Meer ertrinkt.

Der neue Leichtmatrose war nicht mehr zu gebrauchen, also steckten wir ihn in die Brücke. Der Käpten versuchte nun, mithilfe des Diesels voranzukommen. Ein aussichtsloses Unterfangen, die Schraube drehte mehr in der Luft als im Wasser, das Land kam uns immer noch weit entfernt vor. „Da kommen wir nicht sauber raus", schrie Wolf mir zu. Apropos sauber, warum gehen einem in solchen Momenten immer saublöde Gedanken durch den Kopf. „Ich weiß nicht, was du willst, die Kotze ist längst weggespült!", brüllte ich zurück. Wir brauchten nur vier Stunden aufs offene Meer hinaus, über zwölf Stunden kämpften wir uns zurück. Während der ganzen Zeit hatte der Alte nicht einmal um Hilfe gefunkt.

Kein prunkvolles Einlaufen wie sonst. Mein Gott, wie sah unser schönes Schiff aus. Gerade erst generalüberholt.

Nachdem wir festgemacht hatten, drückte uns der Eigner je 500 Mark in die Hand und verschwand wortlos mit seinem Anhang.

Zwei Tage brauchten wir, nur um das Schiff innen wieder klarzukriegen. Den Rest der Woche benötigten wir zum Abtakeln, auch die Rahstangen holten wir runter. Mein stolzer Segler sah genauso aus, wie ich ihn in Barcelona betreten hatte. Nachdem das Schiff von uns wiederhergestellt war, ging der Alte für zwei Wochen in Urlaub. Wolf musterte mit Whiskey ab. Nun war ich der Chef an Bord. Wir arbeiteten wirklich fleißig. Nachdem die Aufbauten vom Altlack abgeschliffen waren, lackierten wir sie neu. In dieser Zeit hielten wir uns kaum in Cannes auf, deshalb kam Cannes zu uns.

Wir saßen um Mitternacht im Salon und schauten „Franzosen"-Fernsehen. Als jemand an Deck laut „Hallo" rief, ging ich nachsehen. Da standen gut ein Dutzend Bewohner von Cannes. Männlein, Weiblein gehobener Klasse. Irgendwo musste eine Party zu Ende gegangen sein und nun suchten sie nach einer neuen. Ich war der Chef und Gastfreundschaft war schon immer meine Prämisse. Also, was soll's? Let's have a party tonight. Kaviar und Schampus hatten wir genügend an Bord. Gehörte uns ja nicht! So war meine Großzügigkeit grenzenlos. Seltsam, ich hatte kein schlechtes Gewissen.

Die Party verlagerte sich an Deck. Mit einer schönen Blonden und einem Schampusglas lehnten wir vorne am Klüver. Plötzlich nahm mir die Blondine das Glas aus der Hand und kletterte mit mir ins Klüvernetz. Wieder ein blöder Situationsgedanke: „Ob das schon jemals ein Seemann vor mir gemacht hatte?" Dann, außerdem: „Es geht auch ohne Lacoste und Rolex!"

Zweimal fuhren wir noch raus. Zweimal mit vollen Segeln in den Hafen zurück, dann hieß es „Lebwohl!".

„Mein" Kapitän wollte meine Hand gar nicht mehr loslassen.

Ich stand vor der Gangway. Wie viele Jahre, wie viele Schiffe waren vergangen, als der Junge mit der blauen Schlaghose, dem weißen Sweatshirt, dem blauen Kragen mit großen Augen und großer Erwartung seine erste Gangway hinaufging. Dann nahm der Mann, der Seemann, seinen Seesack auf die Schulter und ging die Gangway hinunter – zum letzten Mal.

MEIN LETZTES SCHIFF

Wolf hatte von einem Onkel einen schwedischen Fischkutter geerbt. Er wollte ihn überholen und hochseetüchtig machen. Wir hatten bei seiner Verabschiedung beschlossen, zusammen mit einem mit ihm befreundeten Maschinisten eine Weltumfahrt zu machen. Bis dahin wollte ich noch meine Schwester besuchen. Dort lernte ich ein Schwabenmädle kennen. Ich weiß, es klingt abgedroschen, vor allem wenn es von einem Seemann kommt, es war Liebe auf den ersten Blick.

Der größte, beste, mir bekannte Seemann, ausgenommen mein letzter Kapitän, „Old Papendieck", sagte einmal zu einem hoffnungsvollen Seebuben. „Ein Schiff ist wie eine große Liebe. Sturm und Wetter schweißen euch zusammen. Je größer die Liebe, desto länger bleibt ihr euch treu."

Wie sie auch alle hießen: MS „S", MS „H.W.", TT „D.L.", Schonerbark „A". Ich liebte sie alle.

Nun bin ich bei meinem letzten Schiff an Bord gegangen, und zwar dem MF (Meine Frau) „Körnchen". Diese Liebe hält nun schon über dreißig Jahre. Gemeinsam werden wir den letzten Hafen anlaufen, denn Sturm und Wetter, auch „WINDSTÄRKE 13", haben uns zusammengeschweißt.

EPILOG

In meinen Erzählungen bin ich in den markanten Szenen bewusst leise getreten. Gewisse Situationen waren nicht so locker wie beschrieben, einige habe ich entschärft, andere ganz weggelassen.

Tatsächlich ging es vielmals härter und brutaler zu. Die Profis wissen das. Trotzdem hoffe ich, die Landratten unter den Lesern, etwas Fantasie vorausgesetzt, auf meinen Reisen mitgenommen zu haben.

Den Kameraden, die wie ich in dieser Zeit auf See waren, mit mir oder ohne mich, sage ich: „Ich war gerne mit jedem von euch zusammen oder wäre gerne mit jedem von euch zusammen gefahren."

Die Seefahrt, die wir kennen, schätzen und lieben gelernt haben, ist tot.

Die Wirtschaftspolitik, die es ermöglicht hatte, subventionierte Schiffe nach drei Jahren auszuflaggen, d.h., die Reedereien brauchten nur ein Plumpsklo in Panama aufzustellen und schon standen deutsche Seeleute an Land.

Erst starb die Seemannsschule Bremervörde, dann der Beruf.

Nur noch in und durch uns lebt sie weiter. Ihr seid in meinen Gedanken und in meinem Herzen.

H.P.W.

Fachausdrücke

M.S.:	Motorschiff
D.S.:	Dampfschiff
T.S.:	Turbinenschiff
S.B.:	Schonerbark (Segelschiff)
Der Alte:	Kapitän
Moses:	Decksjunge
Timmy:	Zimmermann
Brücke:	Schiffskommandozentrale
Koje:	Bett
Kümo:	Küstenmotorschiff
Rah:	Masten zur Segelaufhängung
Wanden:	Strickleiter an der Rah
Spleißen:	Verbinden von Seilen und Drähten
Pullen:	Rudern
Riemen:	Ruder
Back:	Vorschiff
Verschanzung:	Geländer am Schiff
Schott:	Abdichtung (Tür)
Ausguck:	Ausguck an der Brücke
Feudel:	Wischlappen
Winschen:	kleine Motoren für Kräne und Anker
Overturn:	Überstunden
Schäkel:	Verbindung von Ketten
Tide:	Gezeiten
Ziehschein:	Geldüberweisung

Jakob, der stumme Krieger

Von einem, der die Hölle des Dreißigjährigen Krieges überlebt

ISBN 978-3-95655-993-8 (Buch)
ISBN 978-3-95655-994-5 (E-Book)
ISBN 978-3-96521-472-9 (Hörbuch)

JAKOB, ein Findelkind, wurde in einem Kloster aufgezogen, in jungen Jahren von Räubern, nachdem sie das Kloster überfallen hatten, mitgenommen. Fortan musste er mit den Räubern leben, bis diese gefangengenommen und aufgehängt wurden. Der Gutsherr ließ ihn am Leben mit der Verpflichtung, für ihn zu arbeiten. Jakob verliebte sich verbotenerweise in eine Magd, wurde hart bestraft und tötete in Notwehr den Gutsherrn. Um den Verfolgern zu entgehen, schloss sich Jakob als Söldner Tillys Heer an. In der letzten Schlacht, Ende des Krieges, verlor er durch einen Schwerthieb auf den Kopf seine Stimme. Nach dem Krieg fand Jakob Arbeit auf einem Bauernhof und freundete sich mit Max an, dem zwölfjährigen Sohn des Bauern. Als Max von Gauklern entführt wurde, machte sich Jakob, nachdem er die Ernte eingebracht hatte, auf die Verfolgung der Gaukler ...

Viele Szenen in diesem Buch sind hart und brutal. Sie spiegeln die damalige Zeit während und nach dem 30-jährigen Krieg wider. Dadurch treten die menschlichen Attribute wie Liebe, Freundschaft, Treue, Glaube, Hoffnung besonders hervor.

Die Geige im Feuer

ISBN 978-3-95655-237-3 (Buch)
ISBN 978-3-95655-238-0 (E-Book)
ISBN 978-3-96521-513-9 (Hörbuch)

Eine unsterbliche Liebe in einer grausamen, unmenschlichen Zeit.

Josef, ein junger jüdischer Musiker, und Lisa, eine arische Fabrikantentochter. Als die Deportation beginnt, gelingt Josef auf dem Transport ins KZ zweimal die Flucht und er findet den Weg zurück zu seiner Liebe, zu Lisa. Doch das Glück währt nicht lange. Durch Verrat landet er letztendlich im KZ. Dort rettet ihm sein Status als Geigenspieler das Leben. Josef wird KZ-Musiker. Es werden die schlimmsten Jahre seines Lebens, doch die unbändige Liebe zu Lisa spendet ihm Kraft und Hoffnung. Getragen von dem Verlangen, sie einst wiederzusehen, wartet er auf die Gelegenheit, aus den grausamen Fängen der SS zu fliehen. Gelingt ihm ein weiteres Mal die Flucht? Wird er seine große Liebe wiedersehen? Eine wahre Geschichte von Liebe und Hass, Zusammenhalt und Verrat, Menschlichkeit und Grausamkeit.

ORCA – Jasons Traum

ISBN 978-3-96521-539-9 (Buch)
ISBN 978-3-96521-540-5 (E-Book)
ISBN 978-3-96521-542-9 (Hörbuch, Sprecher Herbert Schäfer)

Die Geschichte ist die Erfüllung des Traums des Mannes Jason, einmal mit einer Blauwasseryacht um die Welt zu segeln, und die damit verbundene Wandlung des Menschen Jason.

Keine Angst vor nichts und niemand. Geld, Macht, Einfluss – und alle sind deine Freunde. Liebe kann man kaufen. Glaube – nur an sich selbst und die Person, die man ist und darstellt. Diese Attribute vertritt Jason bis zu dem Tag, an dem er sich entscheiden muss. Wenn er auch keine Freundschaft kennt, so verbindet ihn eine Kameradschaft mit seinem einzigen Vertrauten auf See, seinem Segellehrer.
Er spürt die Angst, die Demut in der Einsamkeit und Weite des Meeres durch die Gefahren, Gewalten und die Unberechenbarkeit, die er nicht mit Macht und Geld beeinflussen oder ausschalten kann.

Freundschaft, Opfer- und Hilfsbereitschaft lernt er durch die schiffbrüchige Afrikanerin Soja kennen, aber auch die wahre Liebe. Soja springt mit dem Bootshaken zwischen ihn und den Hai und wird dabei schwer verletzt.
Als er die Wahl hat, einen schweren Sturm zu umfahren, was zu lange dauert, um Sojas Leben zu retten, entscheidet er sich für den kürzeren Weg direkt durch den Hurrikan. Doch das kann den Verlust des Bootes und seines Lebens bedeuten.
Als der Atheist Jason die Schlechtwetterfront auf sich zukommen sieht, kniet er nieder und betet.

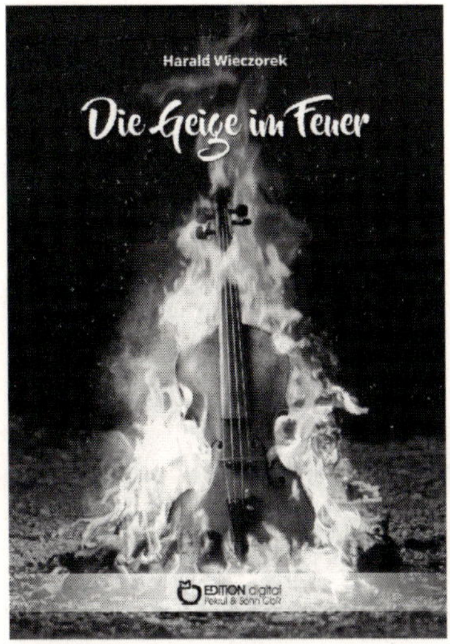

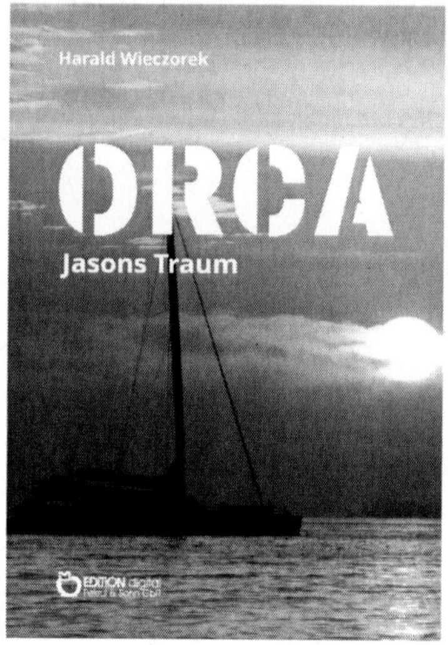

Jakob, der stumme Krieger

Von einem, der die Hölle des Dreißigjährigen Krieges überlebt

ISBN 978-3-95655-993-8 (Buch)
ISBN 978-3-95655-994-5 (E-Book)
ISBN 978-3-96521-472-9 (Hörbuch)

JAKOB, ein Findelkind, wurde in einem Kloster aufgezogen, in jungen Jahren von Räubern, nachdem sie das Kloster überfallen hatten, mitgenommen. Fortan musste er mit den Räubern leben, bis diese gefangengenommen und aufgehängt wurden. Der Gutsherr ließ ihn am Leben mit der Verpflichtung, für ihn zu arbeiten. Jakob verliebte sich verbotenerweise in eine Magd, wurde hart bestraft und tötete in Notwehr den Gutsherrn. Um den Verfolgern zu entgehen, schloss sich Jakob als Söldner Tillys Heer an. In der letzten Schlacht, Ende des Krieges, verlor er durch einen Schwerthieb auf den Kopf seine Stimme. Nach dem Krieg fand Jakob Arbeit auf einem Bauernhof und freundete sich mit Max an, dem zwölfjährigen Sohn des Bauern. Als Max von Gauklern entführt wurde, machte sich Jakob, nachdem er die Ernte eingebracht hatte, auf die Verfolgung der Gaukler ...

Viele Szenen in diesem Buch sind hart und brutal. Sie spiegeln die damalige Zeit während und nach dem 30-jährigen Krieg wider. Dadurch treten die menschlichen Attribute wie Liebe, Freundschaft, Treue, Glaube, Hoffnung besonders hervor.

DIE GEBALLTE FAUST DER RACHE

ISBN 978-3-96521-981-6 (Buch)
ISBN 978-3-68912-460-1 (Epub)
ISBN 978-3-68912-459-5 (PDF)

Wegen eines Torsos einer Frauenleiche, der ans Elbufer angespült wird, muss Kommissar Kossca den Kinobesuch mit seinem kleinen Sohn um eine Woche verschieben. Genau an diesem Sonntag findet ein Attentat statt – verübt von vier Maskierten auf das Kino und dessen jüdischen Besitzer. Es gibt viele Tote und Verletzte, auch sein Sohn ist unter den Opfern. Kossca bleibt unverletzt, weil er sich gerade auf der Toilette befindet. Zurück bleibt ein Bekennerschreiben:

„ALLAHU AKBAR“.

Nachdem sich seine Exfrau aus Verzweiflung das Leben genommen hat, verlangt Kossca von seinen Vorgesetzten, den Fall zu übernehmen. Doch der wurde an eine Sondereinheit abgegeben. Kossca glaubt nicht an einen islamistischen Anschlag auf einen Juden – er vermutet eine kriminelle Organisation dahinter. Als man ihm befiehlt, sich aus dem Fall herauszuhalten, gibt er seine Waffe und seine Marke ab. Er quittiert den Dienst.

Kossca verlässt seine Wohnung und hebt sein gesamtes Geld ab. Als Erstes setzt Kossca im Milieu ein Kopfgeld von 10.000 Euro auf Hinweise zu dem Anschlag aus – und sticht damit in ein Wespennest. Die Jagd beginnt.

Doch auch der Jäger wird zum Gejagten. Kossca begibt sich auf einen gnadenlosen, brutalen und blutigen Rachefeldzug.